经典·曹雪芹·红楼梦

王德威——总召集
柯庆明——总策划
郑明娳——编著

石頭記

人民东方出版传媒
People's Oriental Publishing & Media
东方出版社
The Oriental Press

图书在版编目（CIP）数据

经典·曹雪芹·红楼梦/郑明娳 编著. —北京：东方出版社，2022.4
（人与经典/王德威总召集，柯庆明总策划）
ISBN 978-7-5207-1489-1

Ⅰ.①经… Ⅱ.①郑… Ⅲ.①《红楼梦》研究 Ⅳ.①I207.411

中国版本图书馆CIP数据核字（2020）第045336号

本著作简体字版通过四川一览文化传播广告有限公司代理，由原著作者正式授权，同意经由城邦文化事业股份有限公司—麦田出版事业部授权出版中文简体字版本。非经书面同意，不得以任何方式及形式重制、转载。

经典·曹雪芹·红楼梦

编　　著：郑明娳
责任编辑：王夕月
出　　版：东方出版社
发　　行：人民东方出版传媒有限公司
地　　址：北京市西城区北三环中路6号
邮　　编：100120
印　　刷：北京联兴盛业印刷股份有限公司
版　　次：2022年4月第1版
印　　次：2022年4月第1次印刷
开　　本：880毫米×1230毫米　1/32
印　　张：8.25
字　　数：174千字
书　　号：ISBN 978-7-5207-1489-1
定　　价：62.00元
发行电话：（010）85924663　85924644　85924641

版权所有，违者必究
如有印装质量问题，我社负责调换，请拨打电话：（010）85924602　85924603

「人与经典」总序
王德威

"人与经典"是麦田出版公司于创业二十周年之际所推出的一项人文出版计划。这项计划介绍广义的中国经典作品,以期唤起新一世代读者接触人文世界的兴趣。取材的方向主要来自文学、历史、思想方面,介绍的方法则是以浅近的叙述、解析为主,并辅以精华篇章导读。类似的出版形式过去也许已有先例,但"人与经典"强调以下三项特色:

· 我们不只介绍经典,更强调"人"作为思考、建构,以及阅读、反思经典的关键因素。因为有了"人"的介入,才能激发经典丰富多元的活力。

· 我们不仅介绍约定俗成的经典,同时也试图将经典的版图扩大到近现代的重要作品。以此，我们强调经典承先启后、日新又新的意义。

·我们更将"人"与"经典"交汇的现场定位在当代中国的台湾。我们的撰稿人都与台湾渊源深厚，也都对台湾的人文未来有共同的信念。

经典意味着文明精粹的呈现，具有强烈传承价值，甚至不乏"原道""宗经"的神圣暗示。现代社会以告别传统为出发点，但是经典的影响依然不绝如缕。此无他，在时间的长河里我们毕竟不能，也没有必要忽视智慧的积累，切割古今的关联。

但是经典岂真是一成不变、"万古流芳"的铁板一块？我们记得陶渊明、杜甫的诗才并不能见重于当时，他们的盛名都来自身后多年或多个世纪。元代的杂剧和明清的小说曾经被视为诲淫诲盗，成为经典只是近代的事。晚明顾炎武、黄宗羲的政治论述到了晚清才真正受到重视，而像连横、赖和的地位则与台湾的历史经验息息相关。至于像《诗经》的诠释从圣德教化到纯任自然，更说明就算是毋庸置疑的经典，它的意义也是与时俱变的。

谈论、学习经典因此不只是人云亦云而已。我们反而应该强调经典之所以能够可长可久，正因为其丰富的文本及语境每每成为辩论、诠释、批评的焦点，引起一代又一代的对话与反思。只有怀抱这样对形式与情境的自觉，我们才能体认所谓经典，包括了人文典律的转换，文化场域的变迁，政治信念、道德信条、审美技巧的取舍，还有更重要的，认识论上对知识和权力、真理和虚构的持续思考辩难。

以批判"东方学"（Orientalism）知名的批评家爱德华·萨义德（Edward Said, 1935—2003）一生不为任何主义或意识形态背书，他唯一不断思考的"主义"是人文主义。对萨义德而言，人文之为"主义"恰恰在于它的不能完成性和不断尝试性。以这样的姿态来看待文明传承，萨义德指出经典的可贵不在于放诸四海而皆准的标杆价值，而在于经典入世的，以人为本的、日新又新的巨大能量。

萨义德的对话对象是基督教和伊斯兰教文明，两者各有其神圣不可侵犯的宗教基础。相形之下，中国的人文精神，不论儒道根源，反而显得顺理成章得多。我们的经典早早就发出对"人之所以为人"的大哉问。屈原徘徊江边的浩叹，王羲之兰亭欢聚中的警醒，李清照乱离之际的感伤，张岱国破家亡后的追悔，鲁迅礼教吃人的控诉，千百年来的声音回荡在我们四周，不断显示人面对不同境遇——生与死、信仰与背离、承担与隐逸、大我与小我、爱欲与超越……的选择和无从选择。

另一方面，学者早已指出"文"的传统语源极其丰富，可以指文饰符号、文章学问、文化气质，或是文明传承。"文学"一词在汉代已经出现，历经演变，对知识论、世界观、伦理学、修辞学和审美品味等各个层次都有所触及，比起来，现代"纯文学"的定义反而显得谨小慎微了。

从《诗经》《楚辞》到《左传》《史记》，从《桃花源记》到《病梅馆记》，从李白到曹雪芹，将近三千年的传统虽然只能点到为止，但已经在在显示古典历久弥新的道理。《诗经》质朴的世界仿佛天长地久,《世说新语》里的人物到了今天也算够"酷",《红楼梦》的款款深情仍然让我们悠然神往,而荀子的《劝学》、顾炎武的《廉耻》、郑用锡的《劝和论》与我们目前的社会、政治岂不有惊人关联性?

"郁郁乎文哉":人文最终的目的不仅是审美想象或是启蒙革命,也可以是"兴、观、群、怨",或"心斋""坐忘",或"多识草木鸟兽之名",以至"观乎人文,以化成天下"。人与文是我们生活或生命的一部分。传统理想的文人应该是文质彬彬,然后君子。转换成今天的语境,或许该说文学能培养我们如何在社会里做个通情达理、进退有节的知识人。

"人与经典"系列从构思、选题到邀稿,主要得力于柯庆明教授的大力支持。柯教授是台湾人文学界的标杆性人物,不仅治学严谨,对台湾人文教育的关注尤其令人敬佩。此一系列由柯教授担任总策划,是麦田出版公司最大的荣幸。参与写作的专家学者,都是台湾学界的一流人选。他们不仅为所选择书写的经典做出最新诠释,他们本身的学养也是台湾多年来人文教育成果的最佳见证。

王德威,美国哈佛大学 Edward C. Henderson 讲座教授

「人与经典」总导读

柯庆明

一乡之善士,斯友一乡之善士。一国之善士,斯友一国之善士。天下之善士,斯友天下之善士。以友天下之善士为未足,又尚论古之人。颂其诗,读其书,不知其人,可乎?是以论其世也。是尚友也。

上述孟子谓万章(万章是孟子喜爱的高足)的一段话,或许最能诠释孔子所谓"无友不如己者"之义,因为这里的"如"或"不如",就孔子而言是从"主忠信"一点立论,而就孟子而言,则从其秉性或作为是否足称"善士",而更作"一乡""一国""天下"之区别,以见其心量与贡献之大小,充分反映的就是一种"同明相照,同气相求"的渴望。这种不谋其利而仅出于"善善同其清"的道义相感,或许就是所谓"交友"最根本的意义:灵魂寻求他们相感相应的伴侣,"知己"因而是个无限温馨而珍贵的词语。

但是"善士"们,不论是"一乡"、"一国"或"天下"之层级,在这高度繁复流动的现代世界里,大家未必皆有机缘相识相交而相友,于是"尚论古之人"的"尚友"就更加重要了。因为透过"颂其诗,读其书",我们就可以发现精神相契相合的同伴;当我们更进一步"论其世",不仅"听(阅)其言",而进一步跨越时空、历史的距离,"观其行"时,我们就因"知其人",而可以有"尚友"的事实与效应了。

我们因为这些"古之人"的存在,而不再觉得孤单。虽然我们或许只能像陶渊明一样,深感"黄(帝)唐(尧)莫逮",未能及时生存于那光辉伟大的时代,而"慨独在余",而深具时代错位的生不逢时之感;但也因此而无碍于他以"无怀氏之民"或"葛天氏之民"为一己的认同;在他以五柳先生为其寓托中,找到自己有异于俗流的生存方式与实现生命价值的途径。

虽然未必皆得像陶渊明或文天祥那么充满戏剧性;"风檐展书读"之际,时时发现足资崇仰共鸣的"典型在宿昔",甚至生发"敢有歌吟动地哀"的悲悯同情,却是许多人共有的经验。这使我们不仅生存在同代的人们之间,更同时生活在历代的圣贤豪杰、才子佳人,以至虽出以寓托而不改其精神真实的种种人物与人格之间,终究他们所形成的正是一种足以寄托与安顿我们生命的，特殊的"精神社会"。或许这也正是人文文化的真义。

当这些精神人格所寄寓的著作，能够达到卓超光辉，足以照耀群伦：个别而言，恍如屹立于海涛汹涌彼岸的灯塔；整体而言，犹若闪烁于无穷暗夜的漫天星斗，灿烂不尽——这正是我们不仅"尚友"古人，更是面对"经典"的经验写照。

在各大文明中，许多才士伟人心血凝聚，亦各有巨著，因而成其经典"；终至相沿承袭，而自成其文化"传统"，足以辉映古今，这自然皆是人类所当珍惜取法的瑰宝。至于中华文化的经典，一方面我们尊崇它们的作者，如刘勰《文心雕龙·征圣》所宣称的"作者曰圣，述者曰明；陶铸性情，功在上哲"；但是对于此类"上哲"的形成与"经典"的产生，历来的贤哲们，更多有一种"殷忧启圣"的深切认知。这种体认最清晰的表述，就贤哲人格的陶铸而言，首见于《孟子·告子》：

> 舜发于畎亩之中，傅说举于版筑之间，胶鬲举于鱼盐之中，管夷吾举于士，孙叔敖举于海，百里奚举于市。故天将降大任于斯人也，必先苦其心志，劳其筋骨，饿其体肤，空乏其身，行拂乱其所为，所以动心忍性，曾益其所不能。人恒过，然后能改。困于心，衡于虑，而后作。征于色，发于声，而后喻。入则无法家拂士，出则无敌国外患者，国恒亡。然后知生于忧患而死于安乐也。

这一段话，不仅指出众多贤哲的早岁困顿的岁月，其实正是为他们日后的大有作为，提供了经验知识的准备，更重要的是陶铸力堪大任的人格特质。一方面是人类的精神能力必须接受挫折和困顿的开发——"所以动心忍性，曾益其所不能"；另一方面则是处世谋事要恰如其分，肇造成功，永远需要以"试误"的历程来达臻完善——"人恒过，然后能改"；创意的产生来自困难的挑战，也来自坚持解决的意志与内在反复检讨图谋的深思熟虑——"困于心，衡于虑，而后作"；而任何执行的成功，更是需要深入体察人心的动向，回应众人的企盼与要求——"征于色，发于声，而后喻"。简而言之，智慧自历练来，意志因自胜强，执业由克己行，成功在众志全——孟子所勾勒的其实是与人格养成不可分割的、一种另类的"个人的知识"（Personal Knowledge）。因此当他们将此类"个人的知识"，转成话语，形诸著述，反映的仍然寓含了他们"生于忧患"的经验，以及超拔于忧患之上的精神的强健与超越、通达的智慧。

对于中国"经典"的这种特质，最早做出了观察与描述的，或许是司马迁，他在《报任安书》中说：

> 古者，富贵而名摩灭，不可胜记，唯倜傥非常之人称焉。盖文王拘而演《周易》；仲尼厄而作《春秋》；屈原放逐，乃赋《离骚》；左丘失明，厥有《国语》；孙子膑脚，《兵法》修列；不韦迁蜀，世传《吕览》；韩非囚秦，《说难》《孤愤》；《诗》三百篇，大抵圣贤发愤之所为作也。此人皆意有郁结，不得通其道，故述往事，思来者。乃如左丘无目，孙子断足，终不可用，退而论书策，以舒其愤，思垂空文以自见。

司马迁在《史记·太史公自序》中亦做了类似的表述，只是文前强调了："夫《诗》《书》隐约者，欲遂其志之思也。"就上文的论列而言，首先这些"经典"的作者都是"倜傥非常之人"，足以承担或拘囚、或迁逐、或遭厄、或残废等的重大忧患，但皆仍不放弃他们的"欲遂其志之思"，而皆能"发愤"，以"退而论书策"、"思垂空文以自见"来从事著述。

其中的关键，固不仅在"不得通其道"之事与愿违的存在困境中，"意有郁结"而于"恨私心有所不尽，鄙陋没世，而文采不表于后世也"的存在焦虑下，欲"以舒其愤"之际，选择了"思垂空文以自见"的自我实现的方式；而更重要的，是他们皆能够跳出一己之成败毁誉，采"退而论书策"，以诉诸集体经验，反省传统智慧的方式，来"述往事，思来者"。就在这种跳脱个人得失，以继往开来为念之际，他们皆以其深刻而独特的存在体验，对传统的经验与累积的智慧，做了创造性转化的崭新诠释。于是个别的具体事例，不仅只是陈年旧事的记录，它们更进一步地彰显了某些普遍的理则，成为足以指引未来世代的智慧之表征，这正是一种"入道见志"的表现；这也正是"个人的知识"与"传统的智慧"的结合与交相辉映。

因而"经典"虽然创作于古代，所述的却不止是仅存陈迹的古人古事，若未能掌握其中"思来者"的写作真义，则好学的读者即使"载籍极博"，亦不过是一场场持续的"买椟还珠"之游戏而已。因而这种透过个人体验所做的创造性转化与诠释，不仅是一切"经典"所以产生与创造的真义；更是"经典"所以能够生生不息的与时俱新之契机；我们亦唯有以个人体验对其做创造性的转化与诠释，才能真正掌握这些"经典"中，"大抵圣贤发愤之所为作"的艰苦用心，而领会其高卓精神与广大视野，激荡而成我们一己意志之升华与心灵境界之开拓。这不仅是真正的"尚友"之义，亦是我们透过研读"经典"，而能导致文化传统与人文精神，得以永续的层层提升与光大发扬的关键。

基于上述理念，王德威教授和我，决定为麦田出版策划一套以中华文化为范畴的"人与经典"丛书，一方面选择经、史、子的文化"经典"；一方面挑选中国文学具代表性的辞、赋、诗、词、戏曲、小说，邀请当代阅历有得的专家，既精选精注其原文，亦就这些伟大作者的其人其事，做深入浅出的阐发，以期读者个别阅读则为"尚友"贤哲，综览则为体认文化"传统"；既足以丰富生命的内涵，亦能贞定精神上继开的位列，因而得以有方向、有意义地追求自我的实现。

于台湾大学澄思楼三〇八室
柯庆明，台湾大学名誉教授

[自序] 永不退潮流的《红楼梦》

郑明娴

《红楼梦》在人间流传已经两百年,一直是畅销书而且是长销书。最主要的原因是:它既有通俗小说讨喜的优点,又有纯文学极为丰厚的优点,不但让人百读不厌,而且每次阅读都能读出崭新的心得。同时,任何一个世代的人,都不会因时空的改变,而产生隔阂。

林耀德在 1985 年写的诗《听你说红楼》就是一个见证:

听你说红楼
我卸下防风的墨镜
让古典在脸上冻结小雪

在两鬓凝霜

走入失落的年代

你借语言的砖瓦重建陆沉的范围

"那精巧纤细的爱情

的确是凿刻在米粒的背面"

我轻声地回应

　　这首短诗一共分为两段，第一段几乎全部都用客观的、外在的动作来象征内心的语言，用现代与古典的对立对比，归结出第二段的"结论"。

　　第一段中第一人称"我"是一位20世纪80年代的时髦青年，从他骑机车戴防风墨镜，可以看出他是当时流行的飙车青年。机车及"有色"墨镜的意象同时暗示他根本瞧不起古典文学中的《红楼梦》，所以想骑机车快快离开，且戴着墨镜阻挡那如风般传来述说《红楼梦》的声音。

　　《红楼梦》的魅力在第二行就出现，很快地，听的青年就被《红楼梦》感动了，他主动拿下防风的墨镜，以整张脸严肃地承受《红楼梦》的悲剧如小雪冻结在脸上，并且愿意自己年轻的生命跟随《红楼梦》一起随着岁月老去，使得自己的两鬓都白如霜雪——或者说，自己的生命愿意承受《红楼梦》那冻寒如冰的悲剧。

　　为什么这位青年愿意呢？因为他在倾听《红楼梦》的同时，心里不断重建出已经在人间消失的《红楼梦》大观园，也回到《红楼梦》故事发生的时代。这里说明不论是倾听还是阅读，《红楼梦》都会带给人身临其境的感受。

第二段是第一人称"我"的整体回应，一位原来飙车的青年，用非常谨慎小心的语气回应阅读《红楼梦》的感觉：《红楼梦》描写的爱情，是那么精巧细致，一方面赞美小说中人物情感的纤细，一方面赞美小说写作技巧的纤细。《红楼梦》的技巧有多好呢？青年用"凿刻在米粒的背面"极为精彩地给了断语。

这句话一方面用中国古代的微雕艺术来形容《红楼梦》的写作技巧——像微雕一样把整个故事雕刻在一粒米的背面。就像作者喜欢的譬喻：针尖上站着无数的天使——几乎是不可能的艺术。

这句话又双关着曹雪芹写《红楼梦》一书的原名叫《石头记》，是1791年程伟元把高鹗续写的后四十回，合前八十回为一百二十回第一次正式出版时，才改名为《红楼梦》。取名《石头记》在小说第一回就明白写出，作者用女娲神话故事为背景，说女娲采集许多石头来炼石补天，最后剩了一块未用而丢弃在山下。这石头经煅炼后，灵性已通，发现独独自己没有入选而自怨自叹，日夜悲号。有一天，一僧一道经过石头边高谈阔论，说到红尘中的荣华富贵。石头听了，苦苦请求带它进入人间。二仙便展幻术，把石头变成一块细小美玉，携入凡尘。这石头投胎后就是书中主角贾宝玉，所以他出生时口中衔着一块玉，就是他随身佩戴的"通灵宝玉"。

《红楼梦》主要描写贾宝玉来到人间经历十九年，最后印证先前那一僧一道说的"到头一梦，万境归空，倒不如不去的好"，终于离开红尘，恢复为顽石原身。后来把这段经历写刻在石头上，所以书名叫《石头记》。

回头来看林耀德"凿刻在米粒的背面"正是呼应着《红楼梦》的庞大故事被写刻在小小如米粒般的石头上。

《红楼梦》自抄本时代，就不断广被传抄，有了刻印本出版后，流传更广，以至于《红楼梦》的版本是世界上少见的最为复杂无解的学问。此书自出世以来，就是以显学之姿流传，在20世纪80年代，林耀德还用如此优美的现代诗来赞美，可以肯定的是，21世纪之后的未来，《红楼梦》的魅力依然光芒万丈！

目录

"人与经典"总序 / 王德威 … 1
"人与经典"总导读 / 柯庆明 … 5
自序：永不退潮流的《红楼梦》/ 郑明娳 … 11

壹——作者
一、《红楼梦》成书 … 3
二、《红楼梦》作者曹雪芹 … 6
三、《红楼梦》与曹雪芹家世的关系 … 11
四、脂砚斋等批语 … 13
五、续书作者高鹗 … 15

贰——导读
一、《红楼梦》的内容 … 19
二、《红楼梦》的结局 … 27

三、《红楼梦》的时代创见 … 35
    （一）个人性情的开展 … 35
    （二）人际关系的互动 … 38
    （三）木石前盟与金玉良缘 … 40
    （四）生命意义的追寻 … 51
    （五）个人品味的建立 … 53

叁——选读赏析
  一、警幻指迷 … 63
  二、黛玉葬花 … 70
  三、宝玉挨打 … 78
  四、甄贾宝玉 … 89
  五、宝钗扑蝶 … 94
  六、麝月掣签 … 104
  七、晴雯撕扇 … 108
  八、袭人城府 … 118
  九、龄官画蔷 … 126
  十、平儿理妆 … 134

肆——文本选读
  一、警幻指迷 … 145
  二、黛玉葬花 … 151
  三、宝玉挨打 … 161
  四、甄贾宝玉 … 173

五、宝钗扑蝶 … 182
六、麝月掣签 … 189
七、晴雯撕扇 … 194
八、袭人城府 … 206
九、龄官画蔷 … 217
十、平儿理妆 … 223

经典 曹雪芹 红楼梦

壹 作者

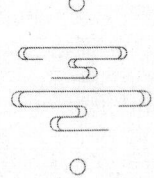

一　《红楼梦》成书

《红楼梦》第一回有一段以作者口吻的开场白说：

作者自云：因曾历过一番梦幻之后，故将真事隐去，而借"通灵"之说，撰此《石头记》一书也。故曰"甄士隐"（按，谐音将"真事隐"去）云云。但书中所记何事何人？自又云："今风尘碌碌，一事无成，忽念及当日所有之女子，一一细考较去，觉其行止见识，皆出于我之上……欲将已往所赖天恩祖德，锦衣纨袴之时，饫甘餍肥之日，背父兄教育之恩，负师友规谈之德，以至今日一技无成、半生潦倒之罪，编述一集，以告天下人：我之罪固不免，然闺阁中本自历历有人，万不可因我之不肖，自护己短，一并使其泯灭也。虽今日之茅椽蓬牖，瓦灶绳床，其晨夕风露，阶柳庭花，亦未有妨我之襟怀笔墨者。虽我未学，下笔无文，又何妨用假语村言（按，谐音"贾雨村"），敷演出一段故事来……故曰"贾雨村"云云。

前述文字，明白告诉读者：《红楼梦》里面隐藏许多真实事情，却用许多虚构的故事写作。本来小说写作就需要虚构，但作者特别声明，反而让读者觉得用"此地无银三百两"的方式来"隐藏"他的真事实情。才不过几段之后，作者又矛盾地说："至若离合悲欢，兴衰际遇，则又追踪蹑迹，不敢稍加穿凿，徒为供人之目而反失其真传者。"接着又强调全书"毫不干涉时世"云云，自相矛盾与特别声明的地方，摆明作者有难以明言的苦衷，读者正该在此细细咀嚼。

第一回谓书名原叫《石头记》，后有《情僧录》《风月宝鉴》及曹雪芹于悼红轩中披阅十载，增删五次，纂成目录，分出章回，题曰《金陵十二钗》等书名。作者自题一绝云：

满纸荒唐言，一把辛酸泪！
都云作者痴，谁解其中味。

这是发自作者内心深深的感叹！谈情说爱之书（作者故意把读者引到这个角落，不要往"干涉时世"去思考）一向被传统社会讥为荒唐之言、毫无价值。辛苦写这种书的人也被嘲笑是痴呆之人。可是书里暗藏着作者多少辛酸的眼泪，有哪个知音能理解个中滋味啊！在那个时代，小说在文坛毫无地位，作者才发出知音难求的感叹！脂砚斋[1]在甲戌本这个地方眉批说：

---

[1] 脂砚斋，为《红楼梦》早期抄本的批语作者，身份不详，有作者本身、友好女性、叔父、堂兄弟等说法，唯一可确定的是他与曹雪芹及其家族有密切的关系，熟知曹雪芹采用的叙述手法、创作历程，等等。

"能解者方有辛酸之泪,哭成此书。"确为知音之言。

第一回既然说曹雪芹花了十年时间,增删五次。能够不断地增删,表示全书已经完成,才有增加、删改、修饰等动作。可惜的是,曹雪芹留传下来的《红楼梦》只有手抄本八十回,光是这八十回各版本间内容就参差不齐、非常复杂。一则作者随写随丢,任人带走借阅,传抄者众,也随意篡改,迄今真伪难辨。二则曹雪芹自己又一再修改等,手抄本《红楼梦》在社会上以各种不同形式流传了二十多年。

乾隆五十六年(1791年),程伟元[1]把高鹗续写的后四十回,合前八十回为一百二十回,成为故事完整的长篇小说,并改《石头记》名为《红楼梦》,这是《红楼梦》第一次以活字排印出版,一般称为程甲本。

第二年,程伟元和高鹗又做了一些"补遗订讹",再重新排印,称为程乙本。

一百二十回本《红楼梦》出版以后,就取代了八十回抄本,成为中文世界最畅销也最长销的一本长篇小说。

1　程伟元,江苏苏州人(1745—1818年),一生未仕。在乾隆后期,收集《石头记》原著前八十回抄本,及后四十回续稿残抄本,合为程甲本。

二　《红楼梦》作者曹雪芹

《红楼梦》自出版以来，即流传不衰、研究者众，研究《红楼梦》者形成"红学"，研究作者曹雪芹的形成"曹学"，两者都成为"显学"。

虽然如此，有关曹雪芹的直接资料一直极为欠缺，他出生、去世的年份众说纷纭。亲生父母到底是谁也争论不休。他一生的诗词著作、行迹活动、结交的亲朋好友，等等，到今天为止，原始资料实在太少，以致学界像猜谜般各说各话、争论永远不断。甚至有人认为作者不是曹雪芹，或者曹雪芹只是一个编辑者，或者说曹雪芹只是一个笔名，甚至说曹雪芹根本不是作者云云。

1921年，胡适发表《红楼梦考证》提出三点：（一）《红楼梦》作者是曹雪芹，且是雪芹的自传。（二）内容写清朝江宁织造[1]曹寅家的故事。(三)曹雪芹只留下前八十回,后四十回是高鹗续写。迄今为止,学术界大部分人接受前述胡适说法,虽然反对的人仍然不少。

不论曹雪芹是真名或者笔名,我们仍然视曹雪芹为《红楼梦》的作者。

曹雪芹,名霑,字梦阮,号雪芹、芹圃、芹溪。根据胡适说法,雪芹大约生于康熙五十四年(1715年),约卒于乾隆二十七年(1762年)除夕,不到五十岁。

明朝天启元年(1621年),清太祖努尔哈赤领兵伐明,曹家远祖被俘后编派到正白旗"包衣"(满语,奴隶的意思)成为满族。

曹雪芹曾祖父曹玺之妻是皇子玄烨(后来的康熙帝)的奶妈之一,祖父曹寅是玄烨儿时的伴读和御前侍卫,跟玄烨像朋友般一起长大,康熙对曹玺极为宠信。

曹玺过世后,曹寅历任苏州织造。曹寅这一代是曹家的全盛时期,曹寅任江宁织造达二十年。康熙六次南巡,有四次住进曹寅的江宁织造府。曹寅的两个女儿都被选为王妃。

曹寅是有名的藏书家、刻书家,《全唐诗》就是由他主持刊刻。他个人也精通诗词、戏曲和书法,是个典型的学者和文

---

[1] 江宁织造府为清代官办织局,设立于顺治二年(1645年),专门制造御用和官用缎匹。乾隆十六年(1751年)乾隆下江南时被改为江南行宫,并迁址重建。咸丰三年(1853年)毁于太平军进攻。2002年再建为江宁织造府博物馆、曹雪芹纪念馆、《红楼梦》文学史料馆和云锦博物馆等。

人，所以不擅理财。更重要的是经过四次接驾，花费无数，曹寅晚年亏空公家白银数万两，多次被弹劾，康熙都不批准。

康熙四十九年（1710年），曹家亏空极大。康熙一再批示："两淮情弊多端，亏空甚多，必要设法补完，任内无事方好，不可疏忽。千万小心，小心，小心，小心！"

康熙五十一年（1712年）曹寅去世时，亏空仍大。康熙亲自安排曹寅子曹颙继任江宁织造。两年后曹颙去世，康熙特准曹寅之妻过继曹寅胞弟曹荃之子曹頫继承江宁织造，曹家在康熙手下可谓备受恩宠。

曹雪芹的生父是谁，大致认为是曹颙的遗腹子。因曹頫过继过来的关系，所以算是曹頫之子。

康熙晚年，皇太子立而又废，废而又立，其他诸子都等不及康熙驾崩，早就树立朋党，明争暗斗抢夺皇位。康熙一死，雍正继位。为了巩固帝位，雍正大肆残杀手足及其朋党，罢黜康熙身边的亲信。曹雪芹的曾祖母既是康熙褓母，自然逃不过此劫。

在清朝档案中，雍正有批"诸凡奢侈风俗，皆从织造、盐商而起"，"今三处织造差人进京，俱于勘合之外多加夫马，苛索繁费，苦累驿站，甚属可恶"。

雍正元年（1723年）就以追查亏空为名，先从曹寅内兄李煦下手（李煦母亲也是康熙褓母），将李煦下狱，抄家没产，并逮捕所有子女家口奴婢等，房屋赏给大将军年羹尧。

雍正五年（1727年），曹頫以"亏空"等多项罪名革职下狱治罪，兴盛六十年的曹家从此一蹶不振。曹家迁回北京居住，时雪芹约十三岁。

曹雪芹大约出生在繁荣家族正在跌落的时期。亲身经历这种极大落差的生活，才会感到"生于末世运偏消"（第一回）。曹雪芹的幼、少年生活都找不到史料记载，只有《红楼梦》第一回由作者自云欲将已往"锦衣纨绔之时……半生潦倒之罪，编述一集……"

有人认为曹雪芹十三岁经历变故，太年轻不可能有大感发，日后如何写出巨作《红楼梦》？其实，《红楼梦》里那些聪明伶俐的角色，都极为年轻：龄官谈那刻骨铭心的恋爱才十一岁；贾宝玉出场时才七岁，林黛玉六岁，两人初次见面，作者从黛玉的视角书写，她的心思那么敏锐、思考极为周到、语言那么得体，哪里像今天六岁的孩子呢？从二十二到五十六回，一直在写宝玉十三岁的事（至七十八回宝玉十五岁），他各方面都是成熟之人。大观园里的小姐们都只有十余岁，诗词歌赋皆无所不能，比我们现代人早慧太多了。

根据曹雪芹的朋友片段记载，雪芹晚年迁往北京西郊，过着"举家食粥"的贫困生活。约乾隆二十七年（1762年）雪芹因独子夭亡，感伤成疾，在贫病交加中去世。

目前在清朝的官方档案中查不到曹雪芹家族的资料。一个曾经接圣驾四次、显赫六十年的家族，官方竟然没有储存他们的档案资料；曹雪芹应该已完成全书文稿，但后四十回竟然亡佚！这和曹家的官方档案一样让人疑惑。

雪芹的中、晚年生活从他的好友张宜泉[1]、敦敏[2]、敦诚[3]等人零星记载仅得知一鳞半爪：知雪芹多才多艺，工诗善画，嗜酒猖狂。

1　张宜泉，生卒年不详，为汉军旗人。著有《春柳堂诗稿》，际遇坎坷，以授课谋生。年长曹雪芹十多岁，在曹雪芹移居到京城西山后，成为挚友。

2　敦敏，姓爱新觉罗，字子明，号懋斋（1729—？），为努尔哈赤第十二子英亲王阿济格的五世孙，直到乾隆时期才恢复皇室宗籍。曾任税务官、右翼宗学总管。著有《懋斋诗钞》。

3　敦诚，为敦敏之弟，字敬亭，号松堂（1734—1791年）。曾任税务官、太庙献爵。曾写多首有关曹雪芹的诗作，如《赠曹芹圃》《佩刀质酒歌》《寄怀曹雪芹》《挽曹雪芹》等。

三 《红楼梦》与曹雪芹家世的关系

曹雪芹诗文俱佳，不但没有留下别集，就连亲朋戚友在文字中都不敢多提及他及他的著作。小说《红楼梦》当时甚且被认为是"怨世骂时之书"，乾隆时期，已被认为和政治有关，许多读者把小说人物对号入座，谓某人影射某某之类。

从目前可以看到的脂砚斋等人留下的批语，以及《红楼梦》中许多书写都可以看出《红楼梦》内容和曹雪芹家世关系密切。

如果像胡适所说，《红楼梦》是曹雪芹的自传，那雪芹写作为何要如此隐晦呢？

最大原因应该是他自家已是待罪之人，绝对不能再惹祸上身。清朝入主中原，极度担心汉人反抗意识崛起，乃大兴文字狱，其严酷情状，难以尽述。康熙三十五年（1696年）就严禁小说，乾隆三年（1738年）再次查禁，书商不敢私刻贩卖；明代以来小说盛行之风因而衰止。

《红楼梦》写作时，再三声明只写女子，且只有抄本，当时就"作者阅者俱有避忌"。连敦诚等好友诗中都只敢暗指《红楼梦》，不敢有一字正面书写。书名都如此，何况后四十回要写宫廷斗争、皇子夺位、家族无故被连累抄家，那必是满门抄斩的祸事。曹雪芹增删五次，跟这事也可能有关。《红楼梦》七十五回就已经写到甄宝玉家犯了罪"现今抄没家私，调取进京治罪"云云，可见再写下去就是贾家。雪芹必得横下心，自己腰斩后四十回了事。

四 脂砚斋等批语

《红楼梦》以《石头记》之名流传抄本时，一直都含有署名脂砚斋、畸笏叟[1]、松斋、棠村、梅溪、杏斋等人的评点。这些评点绝大多数出自畸笏叟和脂砚斋两人之手，学界就把这些评点本概称脂砚斋抄本，简称脂评本。此类版本不断有新发现，迄今已有十多种。20世纪90年代，大陆引发大论战，谓脂砚斋等批语是后人伪作等说法，还有人认为曹雪芹、脂砚斋等都是同一人，目前我们暂时不理会这些。

脂砚斋的批点和金圣叹[2]等的批点性质不同，讨论脂评的文学观点、批评能力是一个方向，但脂评最重要的，是从批语

---

[1] 畸笏叟，仅次脂砚斋的《红楼梦》批评家，身份不详，有脂砚斋的化名，曹雪芹的舅父、伯父、叔叔或父亲等多种说法。目前可依现有资料推测出畸笏叟与脂砚斋并非同一个人，且为曹雪芹、脂砚斋的长辈。

[2] 金圣叹（1608—1661年）。原名采，亦有原姓张的说法；在明亡后改名人瑞，字圣叹。拒绝仕进，为文学批评家，曾点评《水浒传》《西厢记》等名著。

当中，可以看出评点者和曹雪芹不但是同时代人，而且关系亲密得像家人。脂砚斋不但阅读《红楼梦》全书内容，对曹雪芹的创作过程也非常清楚，甚至还参与写作过程，给予修改意见。曹雪芹写作十年、增删五次，脂砚斋跟在旁边，每次都替全书评点。雪芹去世之后，每隔两三年，脂砚斋又重读并再评点一次，前后至少有八九次之多。

这些批语，对曹雪芹的取材来源、剪裁资料、写作方式、故事发展、艺术技巧等无不涉及。似乎从曹雪芹开始创作，两者就并存一样。从传抄行世起，也一直以"脂砚斋重评石头记"的形式出现。

五　续书作者高鹗

《红楼梦》如果仅仅以残存的八十回存在于文坛，基本上不是一部完整的作品，必然不可能成为旷世杰作。《红楼梦》自八十回本流传以来，续写的人一直不断，直到今日，大陆刘心武先生还发表新撰的续书。所有的续书在文坛上自然竞争，优胜劣败、适者生存。截至目前，高鹗的续书仍然受到绝大多数读者的支持。

不论高鹗续写的后四十回在许多学者看来有多少缺点，他仍然是使《红楼梦》成为一部完整且伟大作品的功臣。一般读者，也不常发现前后有什么落差，仍然百分之百喜爱一百二十回本《红楼梦》。

高鹗因酷爱小说《红楼梦》，所以别号"红楼外史"。他是汉人。熟谙经史，工于八股文。他除了有《红楼梦》后四十回续书外，另有诗文著作多种。

高鹗本来热衷仕进，但累试不第。五十岁才中举人，五十七岁才中进士，可谓大器晚成，虽然历任内阁中书等职，但都是有职无权的位置，在官场上算是很不得意。

高鹗续写《红楼梦》，应是他中举前"闲且惫"的时期。以高鹗的文学功力，他独自创作一部小说，必然会得到更高的声誉，但他选择续补《红楼梦》这种极富挑战和冒险的工作，要承接一位天才作家留下的棒子，在竞跑的路上接受无数学者严厉的审视和批评。

经典 曹雪芹 红楼梦

贰 导读

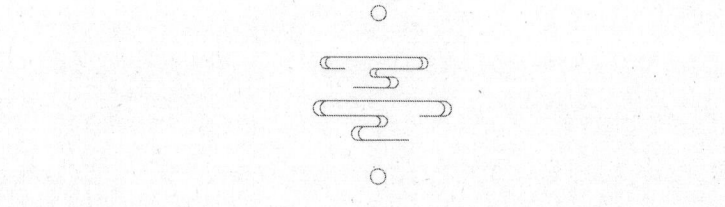

一　《红楼梦》的内容

《红楼梦》是中国小说史、世界文学史乃至艺术史上的奇葩。从来没有一部未完成的作品能产生如此深远的影响、广泛的讨论及占有如此重要而不朽的地位。它表现了作者深刻的思想、感人的情愫、高蹈的品味、丰富的学识以及无穷的艺术技巧。历来学者咸认为《红楼梦》具有极丰富而强烈的感动和启发力量，能够提供不同时代、不同读者以全新的感受和联想。

《红楼梦》的主角贾宝玉，祖先曾经追随皇帝打天下，所以世代受封爵位。小说从贾代善的遗孀史太君（即宝玉的祖母贾母）晚年写起，到她去世、宝玉出家为止。表面只有十多年的时间，却写出以贾家为代表的贾、王、史、薛四大家族由盛而衰的历史，及错综复杂的社会面貌与人际关系。

贾母生有两子一女：大儿子贾赦，次子贾政，女儿贾敏即是林黛玉的母亲。贾政正室王夫人生有两子：贾珠早夭，留下遗孀李纨及子贾兰；另一子贾宝玉，极得贾母宠爱。王夫人另生一女元春，入宫做了皇妃。

贾母在四十七回时七十二岁，当时她说嫁到贾府已经五十四年。贾母结婚时，贾、史两大家族联姻，应该是贾府最为显赫之时。贾政和王氏结婚，加进了富贵的王家，薛宝钗的母亲是王夫人的姐姐。四大家族就这样经常亲上加亲，家族间荣则共荣，日后衰朽时，也互相拖累，最终一同衰败。

这本小说，没有写贾家如何"起高楼"，却让读者慢慢地看着那"红楼"如何逐渐地塌下来。在曹雪芹计划中，小说结局是一把大火把荣、宁二府烧光，整个家族，树倒猢狲散、家破人亡，是极为凄惨的大悲剧。

《红楼梦》原名《石头记》，小说第一回借用女娲神话，说女娲采集石头炼石补天，最后剩了一块未用，弃之山下。此石经煅炼后，灵性已通，独见自己无材不堪入选，遂自怨自叹，日夜悲号。一日，一僧一道经过，坐于石边高谈阔论，说到红尘中荣华富贵。此石听了，便求携入红尘。二仙说："那红尘中有却有些乐事，但不能永远依恃；况又有'美中不足，好事多磨'八个字紧相连属，瞬息间则又乐极悲生，人非物换，究竟是到头一梦，万境归空，倒不如不去的好。"

但顽石凡心已炽，苦求再三。二仙便展幻术，将这大石变成一块细小美玉，携入凡尘。顽石投胎为贾宝玉，所以他出生时口中衔着一块玉，就是他随身佩戴的"通灵宝玉"。

顽石原以为自己有"补天之才"，没料到女娲不用他，转而想到人间有所用。实际上，这乃是人类的天性：人人都想在世间发挥自己的才华。

万万没想到，宝玉来到人间一趟，仍然无力"补天"。他和当时的社会、家族、人伦以及所有的价值观都格格不入，完全无法发挥长才。这颗顽石在人间经历十九年，最后印证僧道说的"不如不去的好"乃离开红尘，回到顽石原身。后来把这段经历写刻在石头上，所以书名叫《石头记》。

《石头记》，是顽石到人间经历的"记录"，这块石头是有备而来，没想到不论甄宝玉或者贾宝玉，都在人间怀才不遇、无力补天。整部小说对人类存在的价值、努力的结果、传统社会的本质等，都有深刻的反省，是《红楼梦》更深一层的意义。

《红楼梦》开头除了用"女娲补天"，还另外创造"木石前盟"的神话。顽石在投胎入世之前，曾变身为神瑛侍者，用甘露灌溉了一株绛珠仙草，使其得以久延岁月。当顽石投胎为人时，仙草为报答甘露灌溉之恩，投胎为林黛玉，要用一生的眼泪来还债。

书名为什么叫《红楼梦》？宝玉梦中到太虚幻境游历时，警幻仙姑请十二位仙女表演新制十二支《红楼梦曲》，加上开首一支引子、最末一支尾声，总共十四支曲。这些曲子的内容，暗藏着书中重要女性的命运、乃至全书的结局。这套曲子意义非比寻常，所以程伟元第一次出版时就把书改名为《红楼梦》。

"红"在书中代表一切美好的人、事、物；"楼"是古代富贵人家居住的高楼，代表富贵繁华。"红楼梦"作为书名的意思就是：一切美好的人事物、所有富贵繁华都只是一场虚幻的梦境，到头成空，"红楼梦"三字作为书名也很恰当。

目前流传高鹗续写的后四十回，想当然，高鹗一定尽力揣摩曹雪芹的原意。不过曹雪芹在前八十回藏有许多伏笔以及预言,多用象征隐晦之法,高鹗有时接榫不到。例如,除了《红楼梦》套曲,警幻仙姑还带宝玉看十二金钗等人的画册及判词,含蓄隐喻着许多人物的结局和作者的春秋批评。这种种伏笔,高鹗在后文都没有做出"呼应"。

事实上,使曹、高结局不同的最重要原因是:两位作者的人生观、价值观差异太大了。高鹗保守、雪芹前卫;高鹗尊崇仕宦经济之途及传统价值观、雪芹则完全相反。高鹗虽然仕途并不顺遂,但他仍然无法理解曹雪芹"万境归空"的人生意境。所以,《红楼梦》前后有许多落差甚至矛盾。

后人除了可从《红楼梦》第五回及书中其他伏笔来揣测结局,还有脂砚斋在文稿上的批语,经常提到前后诸事。因此,曹雪芹原书中的结局,大致可以揣测出来。

20世纪80年代,中国中央电视台、中国电视剧制作中心第一次拍摄长篇电视连续剧《红楼梦》,在周汝昌等红学家的大力倡导下,电视剧结尾没有按照程高本一百二十回的情节,而是依据第五回预言、脂批等资料揣测曹雪芹可能构思的结局拍摄。也就是,观众看到的《红楼梦》电视剧和小说的结局并不一样。

第五回梦境的主导权是警幻仙姑,她原先要引黛玉到太虚幻境,后来改成贾宝玉,她向众仙女解释说:

你等不知原委:今日原欲往荣府去接绛珠,适从宁府所过,偶遇宁荣二公之灵,嘱吾云:"吾家自国朝定鼎以来,功名奕世,富贵传流,虽历百年,奈运终数尽,不可挽回者。故遗之子孙虽多，竟无可以继业。其中惟嫡孙宝玉一人，禀性乖张，生情怪谲，虽聪明灵慧，略可望成，无奈吾家运数合终，恐无人规引入正。幸仙姑偶来，万望先以情欲声色等事警其痴顽，或能使彼跳出迷人圈子，然后入于正路，亦吾兄弟之幸矣。"如此嘱吾，故发慈心，引彼至此。先以彼家上中下三等女子之终身册籍，令彼熟玩，尚未觉悟；故引彼再至此处，令其再历饮馔声色之幻，或冀将来一悟，亦未可知也。

这里明白"宣示"贾府"运数合终"的结局。此外，也解释为什么要让宝玉入"梦"，是为了让宝玉"悟"道。所以第五回，不但暗示整部小说的主题、内容与结局。在结构上，这个"梦"也是全书情节展开与推进的枢纽。

仔细看，全书前后经常出现和这个梦相呼应的地方。小说第一、二回甄士隐和贾雨村两人就先各有一梦。这两人是贯串全书的两位配角，成为全书拉开序幕和结束收尾的两位象征性人物。

第一回回目是"甄士隐梦幻识通灵"，甄士隐是全书第一位出场的人物，他一出场，就在炎夏午睡做了一个梦，梦见一僧一道携带通灵宝玉下凡，不及细看此玉，他已经到了太虚幻境，看到一副对联"假作真时真亦假，无为有处有还无"。这恰恰是第五回宝玉梦游的太虚幻境。小说简短叙述甄士隐在元宵节独生女儿英莲失踪，接着家遭火劫、贫病交攻等，因而看破红尘出家而去。

三十三回荣国府也在庆祝元宵节，也正在此时，贾府迅速转入下坡,日后风波迭起。读者就知道书前甄(真)士隐的遭遇和归宿正是贾(假)宝玉一生道路的缩影。

同样,全书第二回写贾雨村,用另一种方式写梦:雨村一日偶至一庙宇,门巷倾颓,墙垣朽败,门前有额,题着"智通寺"三字,门旁又有一副旧破的对联,曰:"身后有余忘缩手,眼前无路想回头。"雨村看了,因想到:"这两句话,文虽浅近,其意则深。我也曾游过些名山大刹,倒不曾见过这话头,其中想必有个翻过筋斗来的亦未可知,何不进去试试。"想着走入,只见一龙钟老僧在煮粥。雨村问他两句话,那老僧既聋且昏,齿落舌钝,所答非所问。雨村不耐烦,便仍出来。

以上短短一点情节,暗藏着沈既济[1]的《枕中记》,它像寓言般,成为《红楼梦》全书大"梦"的楔子。《枕中记》叙述功名不就、潦倒路途的卢生,经过邯郸,遇到道士吕翁,给他一枕,卧枕入梦,梦中卢生功名富贵福禄寿考样样都到手,直到寿终正寝。卢生梦醒时,吕翁仍坐旁边,梦前店主人蒸的黄粱饭还没有熟呢!这位卢生领悟出人生如梦,富贵繁华,转眼成空,乃接受道士引度而离去。《枕中记》的含意已经成为中国传统文学中的"典故",明代汤显祖为此作剧本《邯郸记》[2]。

回头来看,贾雨村也是追求功名不成的人、遇到的老僧正

---

[1] 沈既济,唐朝小说家、史学家。生卒年不详。曾任左拾遗、史馆修撰,官终礼部员外郎。传奇作品有《枕中记》和《任氏传》,前者为黄粱梦典故的出处,后者则透过狐魅反映人世。

[2] 《邯郸记》,明朝汤显祖所著之传奇剧本。取材自唐代作家沈既济的传奇《枕中记》,有批评明朝时政之意,与《紫钗记》《牡丹亭》《南柯记》同列为汤显祖的《临川四梦》。

在煮粥，跟《枕中记》一样。不同的是老僧说的话他完全听不懂，并非老僧"既聋且昏……所答非所问"，而是贾雨村听不进去。卢生一梦而顿悟，贾雨村则完全无法进入状况，所以跟卢生的际遇擦身而过。日后的贾雨村在宦海载浮载沉，潦倒以终。小说最后一回，"贾雨村犯了婪索的案件，审明定罪，今遇大赦，褫籍为民。雨村因叫家眷先行，自己带了一个小厮，一车行李，来到急流津觉迷渡口。只见一个道者从那渡头草棚里出来，执手相迎。雨村认得是甄士隐"……两人相谈，不久甄士隐离去，"雨村心中恍恍惚惚，就在这急流津觉迷渡口草庵中睡着了"。

贾雨村是到了自己生命的晚年，其他众人都度脱归位，他才来到"觉迷渡口"，才睡着入梦。这也是用《枕中记》来涵盖贾雨村之流人物的"红楼大梦"。

回头再看第二回贾雨村面对的庙门，其对联是"身后有余忘缩手，眼前无路想回头"，分明告诉贾雨村：像你这种人即使赚得满满，死后还剩很多，却不会记得要适时停手。总是贪得无厌，继续伸手索讨更多的功名利禄，必定要等到有一天东窗事发，无路可走时，才想到该提早回头。说尽了贾雨村的一生。而这样浅近的文字，贾雨村当时完全听不下去，怎样的人才能领会呢？再看庙的门额题着"智通寺"三字，原来是有智慧、能通达的人才有慧根理解啊！

《枕中记》只是一篇短篇小说，用短暂的午睡时间，就把一个人的观念全盘翻转，实在欠缺说服力。但小说的思想是感人的，同样的思想，《红楼梦》用长篇小说来细细演绎，让读者亲眼见证宝玉如何一步步在人生的大海里翻过许多筋斗，才把智慧打通、醒悟过来。

《枕中记》在《红楼梦》中并不就此打住，二十九回贾母等祭祀时，在神前抬戏，第三本是《南柯梦》，此戏出自汤显祖《南柯记》，故事来自唐代李公佐的传奇小说《南柯太守传》[1]，内容、主题和《枕中记》几乎完全一样。

十八回元春省亲时，点了四出戏，其中第三出《仙缘》来自《邯郸记》。

六十三回，大伙玩花签，宝钗抓到花中之王牡丹花签，可以随意命人"道一则以侑酒"。宝钗便请芳官唱了支《赏花时》，正出自《邯郸记》。有些版本，只引录前两句，有些把《赏花时》整首引出来，表示强调意义的轻重。这里是从《邯郸记》—《枕中记》一再回扣到主题人生如梦、梦境成空。

《红楼梦》经常在大伙最热闹、最快活时，暗藏着悲剧的讯息。小说四十九回时，陆续有十几岁的亲戚女孩来投靠贾府，宝玉高兴得不得了，家里热闹非常。实际上，这表示四大家族相继没落，贾府本身也是左支右绌、日薄西山。

---

1 《南柯太守传》，唐朝李公佐著。李公佐，字颛蒙。陇西（今甘肃省）人，生卒年不详。曾任江南西道观察使判官。《南柯太守传》为成语"南柯一梦"的出处。汤显祖的《南柯记》即取材自本篇。

二 《红楼梦》的结局

第五回《红楼梦曲》最后一支《收尾·飞鸟各投林》写着：

为官的，家业凋零；富贵的，金银散尽；有恩的，死里逃生；无情的，分明报应。欠命的，命已还；欠泪的，泪已尽。冤冤相报实非轻，分离聚合皆前定。欲知命短问前生，老来富贵也真侥幸。看破的，遁入空门；痴迷的，枉送了性命。好一似食尽鸟投林，落了片白茫茫大地真干净！

套曲的最后一支，且名为"收尾"，毫无疑问，这是雪芹安排《红楼梦》的结局，说得非常明确。

十三回秦可卿去世前托梦给王熙凤，再三叮咛贾府大厦将倾，要她切记"三春去后诸芳尽，各自须寻各自门"。小说中不断出现的"三春去"也是一个警语。贾府一共有四位千金小姐，她们的名字不但有丰富的文化意涵，在小说中还有强烈的象征意义。排行第一是老大元春，第二位迎春、第三探春、第四惜春。四位女孩代表富贵繁华大家族的千金们，第五回告诉读者她们生命的结局是"千红一哭、万艳同悲"。

贾府人物都依照族谱规矩命名，同辈成员，例如贾敬、贾赦、贾政、贾敏等名字都从"文"字；跟宝玉同辈的如贾珠、贾琏、贾珍、贾环等都从"玉"字；宝玉的下一辈就从"草"字等。按照贾家命名规矩来看，"宝玉"只是小名，他应该是单名，经学者推算宝玉的族名应是"贾瑛"。

贾府中跟宝玉同辈四兄弟的排行依序是：(贾)珠、琏、瑛、环，合起来念就谐音"株连绝瑛"这四字，和跟宝玉同辈的"元迎探惜"四千金名字的谐音"原应叹息"正好成对。这告诉我们：贾府男子的官宦到此绝代、千金的命运到此令人叹息。在在证明曹雪芹安排了大悲剧结尾。

回头再看，四位千金的名字都有一春字，春天是一年中最美好的季节，四位女孩分别出生在春季四个节日。元春大年初一元旦出生，是春天之始，故命名元春。元春因"贤孝才德"选入宫中做女史，接着又晋封为"凤藻宫尚书，加封贤德妃"，这是被贾政肯定为"光宗耀祖"的成就，她也成为贾府的靠山。

次女迎春出生于立春日，三女探春生于三月初三是"重三"，幼女惜春根据学者推算出生于芒种节。四位千金出生的时间恰好是依序在春天的四个节日，同时代表顽石到人间经历整个"生命的春天"的历程：在春天一到（元旦），就敞开双手迎接春天，在最宜人的季节里和春天探玩，最后春季结束，只能惜别逝去的大好时光。

在春季中，前三阶段（三春）极美好，过后"三春尽"就好日无多。《红楼梦》前八十回多次用"三春尽"来表达贾府的"春天"正衰败在此时。

三春尽，首先是元春在宫中去世、迎春出嫁后家暴而死、探春远嫁无归期，三位小姐的结局出现时，也是贾府中"诸芳"都走到尽头了，每人都只能"各自寻找各自门"，这就是"群芳碎、万艳悲"！

试看元春判词有"三春争及初春景，虎兕相逢大梦归"，惜春判词有"勘破三春景不长，缁衣顿改昔年妆"，《红楼梦曲》有"将那三春看破，桃红柳绿待如何"。连薛宝琴填的《西江月》都有"三春事业付东风，明月梅花一梦"，被宝钗批评"过于丧败"。

由此可见，曹雪芹笔下所有的女孩，没有一位得以善终。

高鹗续写、也就是目前市面流传的一百二十回本《红楼梦》结局跟雪芹设计的很不一样，它是：宝玉丢失了通灵宝玉（据最后一回甄士隐说，宝玉失玉时，真魂就已返回青埂峰归位）像病人一样，神志不清，家里想为他办婚礼冲喜，由王熙凤献"掉包计"，诳骗宝玉说要和黛玉结婚，其实是由宝钗顶替。在消息封锁下，又由傻大姐来"泄机关"使"颦儿迷本性"，就在宝玉结婚日，黛玉怨怼吐血而死。之后贾母去世、贾府被抄家，王熙凤病死。整个贾府鸡飞狗跳，王仁（巧姐的舅舅）和贾环（巧姐的叔叔）等联手要把巧姐卖给藩王做使女，平儿拼了命抢救并陪伴巧姐逃奔刘姥姥。

不久，皇帝降恩，赦免贾家，赐还爵位财产，贾府得以复兴。

至于宝玉，结婚后改变态度，愿意读书应考，在考完试就失踪。后来贾政在渡口看到宝玉向他拜别，旋即被一僧一道夹着带走。时宝钗已怀孕，日后生子名叫"贾桂"，和贾珠的儿子贾兰都中举，家业更加发达，最后第一百二十回借甄士隐之口说，"将来兰桂齐芳，家道复初……"

从曹雪芹第五回的《红楼梦曲》、判词和小说中众多呼应的伏笔以及后来发现的脂砚斋批语等，结合起来比对，就知道高鹗续写的后四十回结局，和曹雪芹预设的出入非常大。

高鹗在续书里，充分表现他的妇人之仁。曹雪芹明明安排一个前后大颠倒的绝顶悲剧，高鹗却在后四十回，忙着救人也救贾府。

曹雪芹安排的是：最先垮台的是宁国府，接着贾府被抄家，财产没收，宝玉、贾赦、熙凤都进了牢房。这时黛玉、宝玉分离两地，套曲《枉凝眉》说的就是此时两人相隔两地的情况："一个是阆苑仙葩，一个是美玉无瑕。若说没奇缘，今生偏又遇着他；若说有奇缘，如何心事终虚化？一个枉自嗟呀，一个空劳牵挂。一个是水中月，一个是镜中花。想眼中能有多少泪珠儿，怎经得秋流到冬尽，春流到夏！"宝玉逢灾，黛玉就极度担心，日日以泪洗面，这段时间是从"秋流到冬尽，春流到夏"，也就是黛玉从秋天哭过了冬、春直到第二年夏天就哭死了。恰恰印证了第一回绛珠仙草下凡要用眼泪来还神瑛侍者的债，所以脂砚斋说黛玉死的那一回回目有"证前缘"三字，也就是木石前盟得到印证。

后来由贾芸和小红设法救出宝玉、熙凤，但黛玉已经去世。宝玉也许是为了家庭,和宝钗结婚。婚后,才知道没有爱情的婚姻生活无论如何都过不下去,套曲《终身误》就是印证:"都道是金玉良姻,俺只念木石前盟。空对着,山中高士晶莹雪;终不忘,世外仙姝寂寞林。叹人间,美中不足今方信。纵然是齐眉举案,到底意难平。"

在曹雪芹原著中,宝玉看破红尘的应该不仅仅是爱情,还包括他所疼爱的所有女子的悲惨遭遇及整个家族的一败涂地。宝玉婚后,穷得不得不遣散所有仆婢,袭人则嫁给蒋玉菡,但苦劝宝玉至少要留下麝月照顾他。宝玉最后穷到"寒冬噎酸齑、雪夜围破毡"(脂砚斋批语)的境地,呼应了小说第一回一僧一道对石头说的:"倒不如不去的好。"宝玉终于"悬崖撒手"离家为僧。

宝玉出家,书中一直有伏笔,三十一回,宝玉跟黛玉拌嘴时说:"你死了,我做和尚去。"五十七回宝玉跟紫鹃说:"我只告诉你一句囫话:活着,咱们一处活着;不活着,咱们一处化灰化烟,如何?"这里说的"咱们"指宝玉、黛玉、紫鹃三人。

又如三十六回,宝玉跟袭人谈到自己死时,希望"随风化了,自此再不要托生为人"。薛宝钗大宝玉两岁,二十二回宝钗过十五岁生日,这时宝玉应该十三岁,至五十六回又谈到宝玉当时十三岁,可见三十六回时才十三岁的宝玉就有不再投胎为人、死后化成烟等的想法,都成为他结局的伏笔。

贾府在曹雪芹笔下被抄家后就完全败亡,而高鹗最大的"慈悲"是让贾府抄家不久就突然蒙受皇恩,家道再兴,一百一十九回:

贾兰进来笑嘻嘻的回王夫人道："太太们大喜了。甄老伯在朝内听见有旨意，说是大老爷的罪名免了，珍大爷不但免了罪，仍袭了宁国三等世职。荣国世职仍是老爷袭了，俟丁忧服满，仍升工部郎中。所抄家产，全行赏还……

当年胡适认为高鹗续书，让林黛玉早夭、贾宝玉失踪、薛宝钗守寡，就肯定这样的结局是不同以往的爱情大悲剧；可是就贾府来说，高鹗写的是喜剧结尾。

高鹗续写后四十回出现许多诸如此类方枘圆凿的地方，除了曹雪芹在前八十回写作技巧太高明、太隐晦，令人无法掌握之外，许多人都怪高鹗能力比曹雪芹差太多。笔者认为与其说才华有高低，不如说高鹗人生观、价值观、生命境界和曹雪芹差别太大了。这些不是文才高下、能力好坏的问题，而是观念殊途难以同归。

曹雪芹安排的大悲剧，高鹗不可能不知道，他为什么要在悲剧中强迫性地逆转为喜剧呢？他的人生没有经历过曹雪芹那样的大起骤落，可以说，他不能理解、也不愿意看见人生有如此悲惨的事。他以圈外人的角度去看曹雪芹笔下那么多可爱的人物、那么富贵值得羡慕的家族，他舍不得让他们走向悲剧，于是他不知不觉尽力去抢救。这是高鹗生命的平凡庸众之处。

举例来说，《红楼梦》最大特色是借警幻仙姑之口说出男女之爱出于天然，要让它自然生长，且情淫兼至才算兼美。但高鹗观念完全不同，最后一回高鹗借甄士隐之口对贾雨村说："大凡古今女子，那'淫'字固不可犯，只这'情'字也是沾染不得的。"

高鹗认为男女间不能私相授受，如果产生爱情，是罪恶的，所以在高鹗笔下，林黛玉几乎是处罚性地早夭。高鹗有传统的大男人主义，认为贵族男人像贾宝玉在众女子间玩玩绝对无可厚非。高鹗非常舍不得让宝玉出家，高鹗似乎又很难改写，于是勉为其难让宝玉完成传统男人的任务之后再出家。所以，参加科举考试、中举人、得到皇帝眷顾……世俗读书人光耀门楣的事儿都送给宝玉。

至于宝钗怀孕、日后生子贾桂，家运大发，也是世俗社会的价值观。佛家讲究放下屠刀立地成佛，一旦顿悟，就得全面割舍。高鹗却是儒家的父母在不远游，万一远游，也要告知父母。所以宝玉出家时，还得在渡口向父亲拜别。

有趣的是，重视功名富贵的高鹗，万万舍不得宝玉放弃富贵繁华，即使出家做和尚，仍然要他披着一领昂贵的大红猩猩毡的斗篷。总之，"沐皇恩，延世泽，兰桂齐芳"绝对是高鹗人生的最高价值，他恨不得把这个绝对光荣送给贾家。

慈悲的高鹗还解救许多女子，例如王熙凤的独生女巧姐在刘姥姥安排下，嫁给她们村里"家财巨万，良田千顷"的周姓财主儿子。曹雪芹在第五回巧姐的画是"一座荒村野店，有一美人在那里纺绩"，其判词是："势败休云贵，家亡莫论亲。偶因济刘氏，巧得遇恩人。"说明刘姥姥救出巧姐后是流落在穷苦的乡村，做着纺纱织布的工作。

在高鹗笔下，连人物的价值观都会改变，除了后文谈到贾母对黛玉态度的改变，连宝玉、黛玉的基本观念也和高鹗观念"统一"起来，两人对于科举仕宦、八股文等都表现出正面看法。这实在是高鹗忘了自己是在"代（曹雪芹）笔"。

三 《红楼梦》的时代创见

在 21 世纪看《红楼梦》，不得不深深佩服曹雪芹的思想远远超越他那个时代，也仍然提携着我们这个时代。举几个例子来谈。

（一）个人性情的开展

曹雪芹认为人天生的性情应该得到充分自由的发展，就像园丁种植花草，就要让花草自由自在地抽芽、茁长、含苞、开花、结果……最终自然地凋谢，才是完满的"一生"。

可是，我们看到书中人物，绝大部分来自强迫性且僵化的"教养"：强加人以价值观、压抑每人原来的本性、扭曲个人的性格。在传统价值观中最完美的"成品"就是薛宝钗。这位天生美丽、聪明、有才华又博学的女子，我们看不到她快乐的时刻，也不知道她认为怎样的生活才是幸福，我们只知道她所作所为全部是社会要求她做的。因此，她不仅被教育得太世故,失去了真性情,还被调理得生命毫无润泽。不论她的住所甚至生活,都单调乏味、毫无情趣。

实际上,宝钗也没有爱情的观念,她只有婚姻观,要嫁一位门当户对的富贵人家。她从来不曾爱过贾宝玉,只不过金玉良缘说法"盛行",她不免想到宝玉可能会是她婚姻的对象。她从小到大都听命于父母社会,所以一生都在为别人、为社会而活。最后接受母亲之命,和已经半痴呆状且也不是"门当户对"的宝玉结婚,她心底其实非常懊恼。当她母亲告诉宝钗已经答应把她嫁给宝玉时:

> 宝钗始则低头不语,后来便自垂泪。薛姨妈用好言劝慰解释了好些话。宝钗自回房内,宝琴随去解闷……(薛姨妈)便是看着宝钗心里好像不愿意似的,"虽是这样,他是女儿家,素来也孝顺守礼的人,知我应了,他也没得说的。"

这样的文字,谁能说《红楼梦》是三角恋的爱情小说呢?

也正如薛姨妈认为的,宝钗婚后压抑自己的意愿,顺命地做着贤妻良母。以现代心理学的观点来看,宝钗身受这样的教养是否健康,是否幸福呢?其次,这样的"教养",是否都能培养出真正的贤妻良母呢?

我们先看宝玉的母亲王夫人,她出身"都太尉统制县伯王公之后"富贵人家,跟贾府结亲当然是金玉良缘,又生了做贵妃的女儿和衔玉的儿子,地位更加尊崇。她把管家大权交给自己的侄女王熙凤,她的工作只是陪伴贾母,做着富贵闲人。

可是，这位外表吃斋念佛、好行善事的王夫人，不但自私自利，而且昏庸无能，她亲手害死几条无辜人命。首先是，她不分青红皂白逼死自己贴身的婢女金钏儿。她的儿子宝玉跟婢女之间嬉弄玩笑，本来就很平常。偏只这一回，她在打盹时，宝玉过来撩拨金钏儿，两人来回开了几句玩笑，王夫人大怒，立刻把金钏儿赶出贾府，金钏儿求饶再三不成，只好跳井自杀。这事归咎责任，当然错在宝玉，她却把气全部出在金钏儿身上。

之后，她发现司棋和表弟恋爱之事而赶走司棋，也导致她自杀身亡。

她不辨是非、昏庸无能，耳根软，听信袭人逸言，撵走病重的晴雯，又害死一条人命。接着遣走优伶，逼得芳官等人只好出家。

晴雯原是贾母派去给宝玉的人，王夫人撵走晴雯，得向贾母交代。于是"见贾母欢喜"时，才"趁便"说。其中又刻薄地编谎说晴雯患了会传染的绝症"痨病"，不得不遣走。贾母回答："晴雯那丫头我看他甚好，怎么就这样起来。我的意思，这些丫头的模样爽利言谈针线多不及他，将来只他还可以给宝玉使唤得。谁知变了。"

贾母明明话中有话，她看准了的人，怎么会变坏？"将来只他还可以给宝玉使唤得"意思是只有她还可以给宝玉做妾呢！

昏庸的王夫人，总是要靠说谎来解释自己的罪行。窝囊的是，她做这些事情，又很心虚。金钏儿死后，她对着宝钗编谎，说金钏儿弄坏一样东西，被她打骂几下，撵出去几日，没想到气性大，投井死了。得到宝钗的支持与安慰后，她就好过多了，这样才有力气继续犯下一个错。

王夫人的资质比薛宝钗差很多，所以被调教出来的人格既木讷又扭曲。整本书里，看不到她任何可贵的人性。不论侍候贾母、陪伴丈夫、扶养儿子、对待下人，都看不出她有什么感情。她最"冲动（情）"的一次表演是儿子宝玉挨打，她大哭特哭，可是口口声声说如果打死儿子，她老了靠谁？真是一个自私的动物。

这样的人，曹雪芹不喜欢，相信读者也不欣赏。这就是为什么曹雪芹宁愿偏袒率性而为的晴雯——即使她时常有要过头的任性——也不喜欢那些表面中规中矩的"礼教"中人，虽然前者可能难以相处、后者也许比较实用。可是，人之所以可爱，不就在那率性纯真中所闪烁出来的光芒吗？

（二）人际关系的互动

人类从来就不平等：被压抑的人觉醒时会争取平等，有文化的人会尊重别人，给予平等地位。在21世纪，人权主义已经得到普世认同，虽然不平等仍然存在。

君权时代，君臣、主仆、亲子……各色阶级划分得清清楚楚，越界是非常状况。《红楼梦》里，贾政的大女儿元春做了皇妃，返家省亲。她乃是代表皇帝之妻，不再是贾政之女，所以上至贾母下至宝玉，全体都要跪接。在那处处讲究礼仪的场面，哪里像是女子回娘家和家人团聚呢？

传统社会把君臣、父子、兄弟、夫妻、朋友等五种人际关系称为"五伦"，除了朋友，都用上下级的关系来维系，曹雪芹却认为人与人之间的关系只有平等相待才合乎自然、才亲切有味。

先看贾政的家庭关系：他总像是外人，永远走不进家人欢乐的团聚里。只要他在场，人人都不自在，贾母一定会把他请走。除了那些贪图他好处的清客陪着他，贾政永远孤单寂寞。他跟自己兄弟，看不出什么手足之情；他与一妻二妾，看不出什么夫妻之情。他侍候贾母，过于呆板，贾母并不领情，总是催促他快离开。他对待儿子，用现代尺度来看，根本是以家暴来对待聪明灵巧有特殊天分的宝玉，难怪宝玉见到他比撞见鬼还害怕。贾政跟其他儿女也毫无交集，这种人伦关系，真是可叹又可怜。

整个贾府，最见人伦之情的是贾母和宝玉。许多读者可能认为这是老人含饴弄孙，胡乱溺爱罢了，其实不然。贾母是《红楼梦》人物中的异数，她是传统社会走出来的妇女，但不被传统束缚；她聪明又开明，开朗又爽快，是全书中最懂得过日子的人，也是最懂得享受人伦之情的人，这最合宝玉的味口，所以他们两人互相"喜爱"——只不过用祖孙的关系相待。在四十回刘姥姥逗得全体人物大笑时，"宝玉早滚到贾母怀里，贾母笑的搂着宝玉叫'心肝'"正是两人活络关系的写照。

宝玉对待仆人极为宽厚，他贴身的男仆茗烟，深得他的溺爱。当然，他对待婢女不仅是平等，简直是宝爱有加。在宝玉的观念里，除了上面的长辈需要敬重，下面的晚辈也一样要善待。金钏儿被她母亲打了一耳光时，宝玉一溜烟跑掉，他以为只是一耳光而已，万万没想到竟然导致金钏儿自杀。这事使他"五内催伤"恨不得也跟着金钏"身亡命殒"。日后他对待金钏儿妹妹玉钏儿特别低声下气，总想找机会陪罪。金钏儿生日忌日，他不是特别难过就是想法子要祭拜一番。

宝玉打破了传统过分规矩呆板的人际关系：表面看他对祖母极尽撒娇，实际上是让贾母享受亲子之乐；表面看他瞧不起达官贵人，但对有教养有风度的北静王极为亲切；表面看他宠溺仆婢，实际上是照顾弱势。在古代社会阶级极为分明的时代，独有宝玉打破五伦的严密层级限制，身体力行，证明人与人之间，唯有平等相待，才见出情分之可贵。

（三）木石前盟与金玉良缘

《红楼梦》作者讲究自然、天然。人类给自己的生存环境制造过多的教条与规矩，长期以来流入了潜意识，在我们行走坐卧之间表现出来，反而成为常态。曹雪芹要求恢复自然。

在中国传统婚姻里，只讲究门当户对。有时只是父母相好，就可指腹为婚。两人成为夫妻，只是为了成立家庭、传宗接代，根本无所谓爱情。

可是，曹雪芹说：爱情之根是和人类同时诞生的，人类需要爱情。顽石在大荒山对人间产生情感，想下凡做人。这颗顽石来自何方呢？小说第一回说：原来女娲氏炼石补天之时，于大荒山无稽崖炼成高经十二丈，方经二十四丈顽石三万六千五百零一块。娲皇氏只用了三万六千五百块，只单单剩了一块未用，便弃在此山青埂峰下。谁知此石自经煅炼之后，灵性已通，因见众石俱得补天，独自己无材不堪入选，遂自怨自叹，日夜悲号惭愧。

石头来自"大荒山"的"无稽崖"的"青埂峰"下；"大荒山"出自中国最古老的地理书《山海经》，那表示情根古早就有。"大荒山"同时也谐音"大为荒唐"，爱情在传统社会被认为是最荒唐的事，所以不让人知道、不让人接触，如果发生就要强制拆除。

"无稽崖"是指爱情之根古早就有，究竟早到什么时候，已经无可稽考。"青埂峰"就是指情根。因此，顽石在书中成为人类"情种、情根"的象征。顽石投胎为贾宝玉，曹雪芹就由宝玉来演绎人类天生最自然最优美的"情"。

这个"情"其实不只限于爱情，也包括亲情、友情。只不过，爱情被传统社会刻意压抑，所以曹雪芹特别强调。

曹雪芹认为爱情是与生俱来，不能压抑也不能抹杀；真正的爱是：有情者必有淫，情淫兼至方为"兼美"。曹雪芹可说是中国第一位提出灵肉一致的作家。

至于"有情者"的定义，曹雪芹更有高人一等的看法，全书最推崇有情的人物是鸳鸯，她是贾母最贴身、最信任的婢女，因拒绝贾赦讨她为妾，发誓一世不婚。贾母病逝时，她投缳自尽殉了贾母，魂魄来到太虚幻境，时秦可卿任警幻宫中钟情首座，一见鸳鸯就让座给她。鸳鸯拒绝贾赦、从未接触男女之事，所以说："我是个最无情的，怎么算我是个有情的人呢？"这时，秦可卿说："世人都把那淫欲之事当作'情'字，所以作出伤风败化的事来，还自谓风月多情，无关紧要。不知'情'之一字，喜怒哀乐未发之时便是个性，喜怒哀乐已发便是情了。至于你我这个情，正是未发之情，就如那花的含苞一样，欲待发泄出来，这情就不为真情了。"

这里，曹雪芹明确诠释了人类虽然天生具有优美情愫，但未必能在人间自然发展，如花之含苞开放。秦可卿、鸳鸯等人就是明证。她们为什么不得在人间开花，当然是受到环境的摧残，只能夭折。

人不只天生会有情愫，雪芹认为两人之间前世就有宿缘，就用木石前盟来诠释。

林黛玉初见贾宝玉，心下想道："好生奇怪，倒像在那里见过一般，何等眼熟到如此！"宝玉则说："这个妹妹我曾见过的。"正是呼应两人前世的因缘。

黛玉自进荣国府以来，贾母万般怜爱，寝食起居，一如宝玉，反而把迎春、探春、惜春三个亲孙女放到后边；而宝玉黛玉两人尤其亲密友爱。第五回说他们"日则同行同坐，夜则同息同止，真是言和意顺，略无参商"。爱情是在有缘分又有时间空间的情况下自然发芽的，连当事人可能都不自觉。

宝黛和睦相处的美满日子既然可以经过六年考验，如果没有任何意外发生，他们由两小无猜到手足怡怡以致日后的相知相爱，会是多么美满幸福！

但林黛玉到贾府六年后，薛宝钗出现，开始了黛玉的梦魇。"不想如今忽然来了一个薛宝钗，年岁虽大不多，然品格端方，容貌丰美，人多谓黛玉所不及。而且宝钗行为豁达，随分从时，不比黛玉孤高自许，目无下尘，故比黛玉大得下人之心。"这已经够让一位千金小姐不舒服了，接着更加残忍的是宝钗身上挂的金锁，刻着"不离不弃，芳龄永继"八字，和贾宝玉随身所配之玉上所刻的"莫失莫忘，仙寿恒昌"恰好是一对儿，被公认是"金玉良缘"的佐证。

第八回，宝钗正在仔细看贾宝玉的玉时，侍女莺儿在旁边嘻嘻笑说："我听这两句话，倒像和姑娘的项圈上的两句话是一对儿。"宝钗拿出来两相对照，果然是"一对儿"。这代表一般人的看法。

二十八回，代表皇朝地位的元春，从宫廷中送礼物给姐妹们，竟然宝玉和宝钗的一模一样，而黛玉和其他三姐妹的相同，这不是暗示着那个时代最高阶人士（皇妃）自然的"感觉"吗？元春对宝钗、黛玉完全不了解，她绝对无意要撮合谁与谁，但是她出于善意的礼物，不自觉地反映那个时代配对观念是以外在"形式"的门当户对为考虑要素。

二十八回也说，（宝钗）母亲对王夫人等曾提过"金锁是个和尚给的，等日后有玉的方可结为婚姻"等语，可见此说在"上层"流传甚广。

可想而知，宝钗的金锁可以匹配贾宝玉成为金玉良缘的说法，将如何折磨着小小黛玉的心灵啊！

十七回，贾宝玉被父亲带进大观园半天，贾母非常担心宝玉受到委屈，一直派人去探问，后来知道宝玉已到黛玉房里，忙说："好，好，好！让他姊妹们一处玩罢。"在曹雪芹写的前八十回里，贾母最疼爱宝玉跟黛玉，即使他们长到十岁之后，还是让他们亲昵地在一起。

另外，第四十回贾母参观薛宝钗住的蘅芜苑，直摇头道："使不得。虽然他省事，倘或来一个亲戚，看着不像；二则年轻的姑娘们，房里这样素净，也忌讳。我们这老婆子，愈发该住马圈去了……他们姊妹们虽不敢比那些小姐们，也不要很离了格儿。"这话说得很重，虽然宝钗母亲及王夫人都为她解释，贾母还是不同意宝钗的风格。《红楼梦》每人的住所就代表人物的个性与风格趣味，可见贾母很不欣赏宝钗。读者可以明显看出，在曹雪芹笔下，贾母日后应该愿意宝黛结婚。

第五十七回"慧紫鹃情辞试忙玉"，紫鹃为了试探宝玉的真心，骗宝玉说黛玉族人已经决定明年把黛玉接回苏州，只听进这一个消息，宝玉立刻"两个眼珠儿直直的起来，口角边津液流出，皆不知觉"，比中风还惨不忍睹，闹得全家大地震般。这次事件，人人都看得出宝玉是绝对离不开黛玉。在事件发生时，贾母只怪紫鹃乱开玩笑，丝毫不曾责怪宝黛两人情感过于稠密。

但是，在高鹗续写的后四十回，贾母态度大转弯。第八十四回，众人谈到宝玉的婚姻，王熙凤跟贾母说："一个'宝玉'，一个'金锁'，老太太怎么忘了？"贾母笑了一笑，因说："昨日你姑妈在这里，你为什么不提？"就这样，草率地决定了宝玉的婚姻。

九十六回，由贾母当家，要宝钗与宝玉赶着结婚，为宝玉"冲喜"，中间碍着黛玉，当王夫人把宝黛相爱的事，告诉贾母时，"贾母听了，半日没言语"，接着只见贾母叹道："别的事都好说。林丫头倒没有什么，若宝玉真是这样，这可叫人作了难了。"这里明显表现贾母只在乎宝玉，不在乎黛玉，完全是保守传统重男轻女的观念。

到了九十七回，贾母心里还在纳闷，因说："孩子们从小儿在一处儿玩，好些是有的。如今大了懂的人事，就该要分别些，才是做女孩儿的本分，我才心里疼他。若是他心里有别的想头，成了什么人了呢！我可是白疼了他了。"回到房中，又叫袭人来问，贾母道："我方才看他却还不至糊涂，这个理我就不明白了。咱们这种人家，别的事自然没有的，这心病也是断断有不得的。林丫头若不是这个病呢，我凭着花多少钱都使得。若是这个病，不但治不好，我也没心肠了。"

如此冷酷无情的话和态度，完全不是前八十回的贾母，她既不曾对别人出此恶言，又怎可能这样对待黛玉？这完全是高鹗自己内心的想法，歪曲了曹雪芹笔下贾母的心意。

由于是高鹗执笔，他背负着传统思想，抛不开传统价值观，他跟王夫人一样，认为绣春囊是妖魔鬼怪，爱情比会传染的绝症还要恐怖。他们没有看懂、听懂贾母对贾琏把情妇带到卧房时的话语。

这里并不是要为滥情的贾琏说话，而是要读者知道贾母对待事情总是有更为开阔的看法。高鹗的精神层次完全达不到贾母及曹雪芹的高度。

事实上,高鹗很努力地要把宝黛之恋写好,第八十九回"蛇影杯弓颦卿绝粒"就设计了一个伏笔:黛玉听到紫鹃、雪雁暗中说宝玉已经被王氏订婚,"黛玉立定主意,自此已后,有意糟蹋身子,茶饭无心,每日渐减下来"。这样不吃不喝只求速死,等到奄奄一息时,又仿佛听到侍书、雪雁聊天说该事议而未成,黛玉一缕芳魂才又缓缓回头:

这里三个人正说着,只听黛玉忽然又嗽了一声。紫鹃连忙跑到炕沿前站着,侍书雪雁也都不言语了。紫鹃弯着腰,在黛玉身后轻轻问道:"姑娘喝口水罢。"黛玉微微答应了一声。雪雁连忙倒了半盅滚白水,紫鹃接了托着,侍书也走近前来。紫鹃和他摇头儿,不叫他说话,侍书只得咽住了。站了一回,黛玉又嗽了一声。紫鹃趁势问道:"姑娘喝水呀?"黛玉又微微应了一声,那头似有欲抬之意,那里抬得起。紫鹃爬上炕去,爬在黛玉旁边,端着水试了冷热,送到唇边,扶了黛玉的头,就到碗边,喝了一口。紫鹃才要拿时,黛玉意思还要喝一口,紫鹃便托着那碗不动。黛玉又喝了一口,摇摇头儿不喝了,喘了一口气,仍旧躺下。半日,微微睁眼说道:"刚才说话不是侍书么?"紫鹃答应道:"是。"侍书尚未出去,因连忙过来问候。黛玉睁眼看了,点点头儿,又歇了一歇,说道:"回去问你姑娘好罢。"侍书见这番光景,只当黛玉嫌烦,只得悄悄的退出去了。

原来那黛玉虽则病势沉重,心里却还明白。起先侍书雪雁说话时,他也模糊听见了一半句,却只作不知,也因实无精神答理。及听了雪雁侍书的话，才明白过前头的事情原是议而未成的，又兼侍书说是王熙凤说的，老太太的主意亲上作亲，又是园中住着的，非自己而谁？因此一想，阴极阳生，心神顿觉清爽许多，所以才喝了两口水……

前一段描写黛玉死里再求生的动作甚是细腻。显然利用这个伏笔和五十七回"慧紫鹃情辞试忙玉"遥相呼应，印证宝黛两人爱情已无可替代。

到了九十一回，宝黛两人谈禅说佛：

宝玉道："很是，很是。你的性灵比我竟强远了，怨不得前年我生气的时候，你和我说过几句禅语，我实在对不上来。我虽丈六金身，还借你一茎所化。"黛玉乘此机会说道："我便问你一句话，你如何回答？"宝玉盘着腿，合着手，闭着眼，嘘着嘴道："讲来。"黛玉道："宝姐姐和你好你怎么样？宝姐姐不和你好你怎么样？宝姐姐前儿和你好，如今不和你好你怎么样？今儿和你好，后来不和你好你怎么样？你和他好他偏不和你好你怎么样？你不和他好他偏要和你好你怎么样？"宝玉呆了半晌，忽然大笑道："任凭弱水三千，我只取一瓢饮。"黛玉道："瓢之漂水奈何？"宝玉道："非瓢漂水，水自流，瓢自漂耳！"黛玉道："水止珠沉，奈何？"宝玉道："禅心已作沾泥絮，莫向春风舞鹧鸪。"黛玉道："禅门第一戒是不打诳语的。"宝玉道："有如三宝。"黛玉低头不语。

这一段是十分精彩的爱情书写,宝玉自称即使高如"丈六金身"的如来佛,仍然要依靠"一茎所化"的黛玉来支撑。既谦虚表明自己不如黛玉,更表明生命中不能没有黛玉作为依靠。黛玉继续考他:在姐妹间那么多的爱恨情仇中,宝玉当如何自处?宝玉答说:"世间女子像弱水一般,不论有多长多大,我只取你这一人(瓢)就好。"黛玉说:如果取不成呢?宝玉说:只要意志坚定就成。黛玉说:万一我死了呢?宝玉就分别引用前人两句诗,一句说自己的心如修禅般,已经像稳稳沾在泥絮上的花,固定在她身上了。下句说:这颗心再不会迎着春风如鹧鸪鸟般乱飞了。两人谈情说爱、高来高去的,不可同日而语。到此为止,宝黛的爱情可说功德完满。

不论爱情本身有多完美,高鹗还是反对自由恋爱。这个主意,交由贾母来表示。黛玉绝食事"众人也都知道黛玉的病也病得奇怪,好也好得奇怪,三三两两,唧唧哝哝议论着。不多几时,连王熙凤儿也知道了,邢、王二夫人也有些疑惑,倒是贾母略猜着了八九"。也就由贾母出主意让宝玉先结婚,再把黛玉嫁出去。至于诳骗宝玉娶的是黛玉的计谋未免太拙陋,一个高贵又讲究礼数的大家族,嫡孙的终身大事竟然要用此难登大雅之堂的下下策。

高鹗写黛玉之死,得到很多读者的支持,包括九十九岁的杨绛在《漫谈红楼梦》说:"第九十七回,林黛玉焚稿断痴情,多么入情入理。曹雪芹如能看到这一回,一定拍案叫绝,正合他的心意。故事有头有尾,方有意味。其他如第九十八回,苦绛珠魂归离恨天,黛玉临终被冷落,无人顾怜,写人情世态,入骨三分。"

这种看法,代表一般人的胃口。不错,九十七、九十八回连回目文字都很亮眼:"林黛玉焚稿断痴情,薛宝钗出闺成大礼"、"苦绛珠魂归离恨天,病神瑛泪洒相思地",在在证明高鹗文彩之高妙。

红学家俞平伯曾说:"大观园中人死在八十回中的都是大有福分……这些结局,真是圆满之至,无可遗憾,真可谓狮子搏兔,一笔不苟的。在八十回中未死的人,便大大倒霉了,在后四十回中被高氏写得牛鬼蛇神不堪之至。即如黛玉之死,也是不脱窠臼,一味肉麻而已。"这话才深得我心!

俞平伯完全是就写作技巧而言。前八十回,曹雪芹描写人物之死,总是用最足以呈现人物性格与意义的方式,这才是所谓的"圆满"。

林黛玉号"潇湘妃子",住的地方是"潇湘馆",本来就影射黛玉像舜帝的妃子娥皇、女英,因夫死而哭至泣血染到湘竹,最后投湘水而死,成为湘水女神,又称潇湘妃子。她们两人已经成为爱情至深的代表。曹雪芹安排黛玉,除了最初的绛珠仙草将以一生的眼泪来还债,又用娥皇、女英的传说来暗示她日后也是为爱情啼哭到死。脂砚斋说黛玉死时是"求仁得仁",表示心甘情愿没有怨恨,和娥皇、女英是一样的。之前,宝玉挨打时,黛玉哭得最严重,并作诗题帕有云:"彩线难收面上珠,湘江旧迹已模糊;窗前亦有千竿竹,不识香痕渍也无?"这里"湘江旧迹、香痕",是说泪痕,并以湘妃自比。

三十七回,探春笑着说:"当日娥皇女英洒泪在竹上成斑,故今斑竹又名湘妃竹。如今他住的是潇湘馆，他又爱哭，将来他想林姐夫，那些竹子也是要变成斑竹的。以后都叫他作'潇湘妃子'就完了。"这又是一个伏笔，黛玉日后将因宝玉危难而悬念啼哭，一如湘妃。黛玉最后牵挂宝玉无怨无悔终日啼哭而"蜡炬成灰泪始干"，这样的爱情是九死而不悔、忘我的高蹈境界，不是一般人想得到，更是做不到的。

高鹗写的黛玉之死，完全是唐人爱情小说的格局，俨然就是《霍小玉传》的翻版。女主角因男方改娶他人、背叛她，乃悲愤而死。

不论是霍小玉还是林黛玉，因对方背叛而产生绝不谅解的怨怼，终至气愤而死，这反映一般人的行为模式，容易被理解并引起共鸣，这样写就有通俗读物的特质。然而就文学而言，承袭旧典，就了无新意，这就是俞平伯说的"不脱窠臼"。除了这样，高鹗写的黛玉之死跟前面曹雪芹安排那么多的伏笔，都完全无法扣合。

在传统社会里，爱得自然、爱得美、爱得专一者，都绝对没有好下场，除了主角林黛玉，其他配角如司棋、尤二姐乃至龄官也一样。

最后要谈的是，警幻仙姑很强调"情淫兼美"灵肉一致，但整本书中，宝玉只和花袭人"云雨"过一次，完全不算灵肉一致的实验。就全书内容判读，宝玉婚前再无云雨之事。这表示警幻仙姑教授宝玉，让他以一个有过性经验的成熟男子进入女儿国中面对众多美丽的群花，挑战性更高。

宝玉和晴雯之间（参见《晴雯之死》）无比亲昵，但两人始终干干净净。这说明宝玉婚前没有追求灵肉一致，他完全重视精神的契合、单纯的欣赏。至于有些读者认为宝玉是同性恋，笔者也很难苟同。

只能说，警幻仙姑教授宝玉灵肉一致的兼美哲学，在游历红尘十九年的时间里，宝玉没有得到实验与证明的机会，就顿悟并割舍一切。

（四）生命意义的追寻

传统中国读书人只有一条路子可以走，打从开蒙读书，就努力奔向仕宦之途，否则就是不肖子。《红楼梦》里宝玉不肯走这条路，使贾政痛心疾首，一见就辱骂他。

曹雪芹不但没有规避传统读书人要面对的仕宦经济之路，小说中甚至在思考、在挣扎。儒家强调的"修身、齐家、治国、平天下"本来是要依序递进的，许多人越过了修身齐家，就想直达治国之路。贾政自己是否以身作则了？他总是叫宝玉去见如贾雨村之流追逐功名利禄不择手段、在官场中蝇营狗苟的人物，叫宝玉如何看得起官场中人呢？

顽石来到人间，是为了求有所用，有用才觉得生命有意义。毫无疑问，宝玉也想要有"用"。问题是如何"用"？

小说中的"宝玉"有两位，一位甄宝玉，一位贾宝玉。"真假"宝玉代表宝玉这种人物的正反两种面向。甄宝玉是传统读书人走的"正面"路子，读书的终极目标是治国平天下，传统价值观中，这才是男子汉大丈夫。

贾宝玉是曹雪芹提出的另一种路子，即如果生活目标只是修身齐家，照顾好自己的家庭，也是有用的好男子。甄宝玉是传统社会男人追求的熟悉典型，小说只用他来陪衬，而贾宝玉却是一个全新的形象。

贾宝玉，一心一意只想修身齐家就功德完满，这样的想法，在传统社会被认为没出息——虽然光是修身就是一辈子做不完的功课。

贾、甄宝玉成为似二而一的人物，也就是，成为一个人物的两种潜意识。在小说前半，两个宝玉几乎完全一模一样，这表示他们为同一人。甄宝玉从来不正式出场，表示他的意识在心底占的比例小，可能只占人物潜意识的一小部分。小说后半，高鹗接手，甄宝玉和贾宝玉分道扬镳，贾宝玉仍然坚持修身齐家，甄宝玉则走入仕宦经济之途。

笔者猜测，曹雪芹创造的宝玉，内心在这两条路上是有挣扎的。这种挣扎在传统读书人身上并不陌生，只不过，他们都是在仕宦经济之路上碰壁后，才向佛道之途寻求安身立命。"宝玉"则是在人生的一开始，就在"出／处"的歧路上犹豫不决。

最明显的是第五回警幻仙姑跟梦中宝玉说："今既遇令祖宁荣二公剖腹深嘱，吾不忍君独为我闺阁增光，见弃于世道，是以特引前来，醉以灵酒，沁以仙茗，警以妙曲，再将吾妹一人，乳名兼美字可卿者，许配于汝。今夕良时，即可成姻。不过令汝领略此仙闺幻境之风光尚如此，何况尘境之情景哉？而今后万万解释，改悟前情，留意于孔孟之间，委身于经济之道。"

以上,既授宝玉儿女情长之事,又叮咛要努力经济之道。是否要"宝玉"从修身齐家到治国平天下,全程都用心去走呢?

今天,我们读到的曹雪芹前八十回,只见到贾宝玉一心一意在儿女情长上,万万无意于经济之道。这一部分,应该全部放在后四十回的甄宝玉身上吧?当元妃点戏目《仙缘》,脂砚斋批语说"伏甄宝玉送玉",可能因此高鹗写宝玉后来遗失通灵宝玉,变得半痴呆状,迷迷糊糊一路不清不楚地结婚应考乃至离家出走。高鹗写得非常牵强,不是他文笔不好,是他非常不情愿书写这样的结局。

笔者相信曹雪芹也写贾宝玉失玉,后来由甄宝玉还玉时,两位宝玉才合而为一,表示挣扎的心理得到统一。统一的结论是:不论是修身齐家还是治国平天下,都全部放弃,宝玉悬崖撒手,离开红尘,恢复为石头。

(五)个人品味的建立

传统礼教要人"忘我",人活着要"为他"——为父母兄长孝悌、为国家社会服务,就是不能为自己。这种教育偏离了人类的本性,使得每个人做人都做得不像自己。

也许有些读者不认为贾宝玉坚持做他自己。在小说中,宝玉几乎是一个没有能力的人:他有许多作为都被嘲笑为呆子,他的意见少有人接受,他在家庭里没有权力决断任何事情,他连自由行动的机会都没有。甚至，他眼睁睁看着母亲凌虐下人，连说话的机会都没有。

在如此封闭的环境里，宝玉有他的坚持方法。他仍然做他的呆子，他仍然混在女儿堆里，他仍然不接受传统观念。即使被父亲打得奄奄一息，他也绝不求饶、绝不投降，事后也丝毫不改变：宝玉坚持自己的品味、坚持自己的想法。

宝玉喜欢自然美。他说"女儿是水做的骨肉，男人是泥做的骨肉"，只是大概而言，盖绝大部分男人进出社会，必然染上做作虚伪的习气，日久即趋炎附势，结婚后的女人受到丈夫影响，也会感染三分。未婚女子尚未受到污染，其心灵如水般清净，所以可亲可爱。宝玉并非反对所有男子，也不是讨厌所有达官贵人。像秦钟、蒋玉菡，地位低，但人格清静，宝玉视如知己。像不到二十岁的北静王贵为皇室人物，宝玉却极其敬爱。整体而言，宝玉喜欢一切真纯、善良、美好的人、事、物。

宝玉还是一位极有能力"发现"真善美的鉴赏者，平常稀松过眼的事物，他偏能看出特色。例如三十回盛暑之时，各处主仆皆因日长困倦，宝玉来到王夫人上房内：

只见几个丫头子手里拿着针线，却打盹儿呢。

王夫人在里间凉榻上睡着，金钏儿坐在旁边捶腿，也乜斜着眼乱恍。宝玉轻轻的走到跟前，把他耳上带的坠子一摘，金钏儿睁开眼，见是宝玉。宝玉悄悄的笑道："就困的这么着？"金钏儿抿嘴一笑，摆手令他出去，仍合上眼，宝玉见了他，就有些恋恋不舍的，悄悄的探头瞧瞧王夫人合着眼，便自己向身边荷包里带的香雪润津丹掏了出来，便向金钏儿口里一送。金钏儿并不睁眼，只管嚌了。宝玉上来便拉着手，悄悄的笑道："我明日和太太讨你，咱们在一处罢。"

宝玉说的这些话如果出自其他小说男主角口中，都应该是一句调情的话。但宝玉从小就和婢女这么没大没小，他说这种话，上下婢女都知道他没什么心眼，何况这时他还只有十三岁。

问题是，为什么这时候宝玉会对金钏儿恋恋不舍呢？是因为宝玉在金钏儿身上第一次发现女孩的困倦之美。金钏儿很困，但她没法像其他婢女可以打盹儿，她硬撑着替王夫人捶腿。宝玉撩拨她，她仍然困得不想搭理他。这是多么可爱又叫人疼惜的意态之美！意态由来画不成，稍纵即逝，恰恰被宝玉遇见。叫他怎能不恋恋不舍！

又如五十八回，宝玉遇到满面泪痕在农园里烧纸的藕官，被一婆子硬要拉去向上头告发。宝玉不分青红皂白把藕官先护下来，再问藕官为何烧纸，藕官感激于心，哭道："我也不便和你面说，你只回去背人悄问芳官就知道了。"

宝玉问的结果，是拜祭死去的药官。芳官说：两人原来一个演小生，一个是小旦，常扮夫妻。日后假戏真做，两人你恩我爱。药官一死，藕官哭得死去活来，至今不忘，所以每节烧纸。后来补了蕊官，两人也是温柔体贴。人问她怎么得新弃旧。她说："这又有个大道理。比如男子丧了妻，或有必当续弦者，也必要续弦为是。便只是不把死的丢过不提，便是情深意重了。若一味因死的不续，孤守一世，妨了大节，也不是理，死者反不安了。"

宝玉的可贵就在于"宝玉听说了这篇呆话，独合了他的呆性，不觉又是欢喜，又是悲叹，又称奇道绝"。又说："天既生这样人，又何用我这须眉浊物玷辱世界。"不论是异性恋或同性恋，宝玉发现了人间的真情厚义，既感佩又谦虚。这是何等襟怀啊！

最美艳的薛宝钗，却一直没有受到宝玉的"青睐"。原因一则是众人传说他和宝钗是金玉良缘，让他不快；二则是黛玉总是吃宝钗的醋，使得宝玉潜意识就不注意宝钗。但是在二十八回宝玉想看宝钗的红麝串子，宝钗正从手腕褪下时：

宝钗生的肌肤丰泽，容易褪不下来。宝玉在旁看着雪白一段酥臂，不觉动了羡慕之心，暗暗想道："这个膀子要长在林妹妹身上，或者还得摸一摸，偏生长在他身上。"正是恨没福得摸，忽然想起"金玉"一事来，再看看宝钗形容，只见脸若银盆，眼似水杏，唇不点而红，眉不画而翠，比林黛玉另具一种妩媚风流，不觉就呆了，宝钗褪了串子来递与他也忘了接。

这是精彩的一幕。宝钗平时行动端庄，不可能露出手臂，这时为了串子难以褪下，袖子不知不觉地往上溜，露出了丰润雪白的手臂，《红楼梦》唯一流露的肢体之美，让宝玉心动（读者何尝不是？），才注意到宝钗的脸孔，原来是不同于黛玉的美人儿。由于从来不曾注意这种美，宝玉刹时便看呆了。

过去，宝钗和宝玉之间，从第八回两人互相鉴赏金、玉，到第二十八回元春从宫中赏的礼物相同，都印证金玉良缘之说，宝玉从来不动心。即使这次发现宝钗形体之美，看得呆了，也不会因此爱上宝钗。就像宝玉不会因为极为偏爱晴雯，或者发现金钏儿困倦之美而洒出爱情一样。宝玉最后是跟宝钗结婚的，却无法接受没有爱情的婚姻，最主要的原因是他们性情不合，话不投机，思想异趣。这是宝玉对自己品味的坚持。

宝玉非常容易"陷入"他自己的"品味"中，遇见不认识的藕官有难就伸手援救，遇见不认识的龄官悲苦地在蔷薇架下画着蔷字，宝玉完全不知道对方是怎么回事，却立刻可以感同身受对方的痛楚，并产生愿意代为承受的心意。这是极为难得的情操，涂瀛[1]《贾宝玉赞》说：

宝玉之情，人情也。为天地古今男女共有之情，为天地古今男女所不能尽之情。天地古今男女所不能尽之情，而适宝玉为林黛玉心中、目中、意中、念中、哭泣中、幽思梦魂中、生生死死中悱恻缠绵固结莫解之情，此为天地古今男女之至情。惟圣人为能尽情，惟宝玉为能尽情。负情者多，微宝玉，其谁与归。孟子曰："伯夷，圣之清者也。伊尹，圣之任者也。柳下惠，圣之和者也。"我故曰：宝玉，圣之情者也。

---

[1] 涂瀛，清朝文人，字铁纶，号读花人。广西桂林人，生卒年不详。著有《红楼梦论赞》一卷。

涂瀛堪称宝玉的知音,宝玉为"圣之情者"也是当之无愧。这情字,不是爱情,是爱惜、疼惜、珍惜。

贾宝玉还有许多前卫的精神与见解,即使放在现代,仍然惊人。例如三十六回,宝玉和袭人谈"死":

(宝玉)道:"人谁不死,只要死的好。那些个须眉浊物,只知道文死谏,武死战,这二死是大丈夫死名死节。竟何如不死的好!必定有昏君他方谏,他只顾邀名,猛拼一死,将来弃君于何地!必定有刀兵他方战,猛拼一死,他只顾图汗马之名,将来弃国于何地!所以这皆非正死。"袭人道:"忠臣良将,出于不得已他才死。"宝玉道:"那武将不过仗血气之勇,疏谋少略,他自己无能,送了性命,这难道也是不得已!那文官更不可比武官了,他念两句书污在心里,若朝廷少有疵瑕,他就胡谈乱劝,只顾他邀忠烈之名,浊气一涌,即时拼死,这难道也是不得已!还要知道,那朝廷是受命于天,他不圣不仁,那天地断不把这万几重任与他了。可知那些死的都是沽名,并不知大义。比如我此时若果有造化,该死于此时的,趁你们在,我就死了,再能够你们哭我的眼泪流成大河,把我的尸首漂起来,送到那鸦雀不到的幽僻之处,随风化了,自此再不要托生为人,就是我死的得时了。"

宝玉认为人人皆会死,但要死得其时、死得其所。袭人代表一般人的观点,文死谏,武死战,是忠臣良将不得已而殉死，历来受到尊崇。宝玉却认为这两种人尽是为了自己的名节而死，反而陷国君于不义（昏君），陷国家于危险。这确乎说中历史上某些人物的做作行为。这里还谈到宝玉对自己最完美的死法的解释，随风化去，可谓一语成谶。

宝玉个人的品味追求，不但特殊，而且专注。即令如此，他个人的追求终究失败。他所有的观念都和当时的人文环境格格不入，最残酷的是，他眼睁睁地看着疼爱的人受苦受难乃至含冤死去，例如晴雯、金钏儿，他却完全无能为力。在整个环境里，他毫无发言权，更不必说行动权。最终，他只能放弃这个世界，回到青埂峰。

经典曹雪芹红楼梦

叁 选读赏析

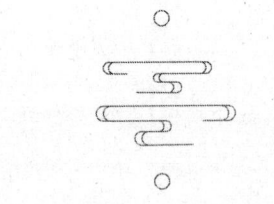

一 警幻指迷

《红楼梦》第五回,除了如前所说,把全书结局用各种不同的技巧暗示出来,另外还诠释"情/性/爱"之间的关系与爱情的观点。

宝玉在宁国府要午睡,秦可卿先带他去一间上房,宝玉抬头看到一幅《燃藜图》就不开心,因为这是汉代刘向的典故:刘向晚上校书天禄阁时,有一老人拄着藜杖进来,把杖点燃有足够光线让他看书,同时送他《洪范五行》等书。这故事就成为勤学夜读的典故。它挂在墙上,明显就在教人发愤读书,宝玉竟然要在一个教训他要用功读书的地方午睡,当然不高兴。

再看,墙上又挂了一副对联,写着"世事洞明皆学问,人

1　洪范五行:"洪范"为《尚书》的篇名,意为"统治大法"。相传是周灭商之后,箕子向周武王提出的九种治理国家大法。其中一种提到了五行(水、火、木、金、土)及其作用。西汉儒学家董仲舒曾以五行来解释孝子忠臣的伦理,经学家夏侯始昌作《洪范五行传》,史学家刘向也作《洪范五行传论》,到了宋朝则有王安石作《洪范传》,都是以天地五行阐述世间运作原理。

情练达即文章"。

意思是把人间事情都搞得清清楚楚就是学问,对人情世故能够老练通达也是好文章。这对联用很迂腐的方式鼓励做人,宝玉也看不顺眼。

以上故事表现宝玉不喜欢追求功名利禄的个性,当然会讨厌充满那种气氛的环境。秦可卿只好带他去自己的卧房,宝玉还没有进去就爱上了!因为才"刚至房门,便有一股细细的甜香袭人而来。宝玉便觉眼饧骨软,连说:'好香!'"

还没进去房内,就有迷人的香气,这是嗅觉的刺激。接着进入房内,就是饱满的视觉景观:墙壁上挂着唐伯虎画的《海棠春睡图》,两边有宋学士秦太虚写的一副对联:"嫩寒锁梦因春冷,芳气笼人是酒香。"以前唐明皇用"海棠睡未足"来形容醉中的杨贵妃,所以这幅画的内容是杨贵妃醉态图。至于秦太虚就是秦观[1],字太虚。他的诗词风格纤弱靡丽,多写男女情爱等事。

自称江南第一风流才子的唐伯虎,诗书画文,无不擅长。由于唐伯虎点秋香的故事长期在民间流传,所以一般都把他定调为风流才子。

这里,作者用有许多风流韵事的唐伯虎,让人联想到才子佳人等爱情故事,画的杨贵妃醉卧图,让人联想到与唐明皇的

---

[1] 秦观,字少游、太虚,号淮海居士(1049—1100年)。扬州高邮(今江苏)人。进士考了三次,官至秘书省正字、国史院编修官,在新党执政时遭排挤而被贬。为北宋词人,与黄庭坚、张耒、晁补之合称"苏门四学士"。

缠绵爱情。之后又是秦观的对联，秦观的诗词多写男女情爱，风格纤弱靡丽，也像唐伯虎一样，光是他的名字，就会让人联想到绮丽的爱情。至于对联的意思则是写青春年华却因孤单寂寥而失眠。

值得注意的是，曹雪芹在《红楼梦》中引用非常多前人的诗词歌赋，有些只引用一句，都是其来有自。独独这里，专家考证不出唐伯虎是否画过《海棠春睡图》，而秦观的对联也不在他的著作《淮海集》中，这里分明是曹雪芹杜撰的，分明告诉读者这是"虚假"的。他用秦观之名，不只是因为他诗词风格绮丽，更因为他姓"秦"。在《红楼梦》中姓"秦"都跟"情"有关。这里，不用秦观为名，特别用他的字"太虚"，也是遥遥呼应之后宝玉去参观的地方是太虚幻境，而太虚幻境的寓意就是虚幻不真实的境地，这是整本书的主旨之一。

从这角度看，宝玉走进可卿卧房，做了一个梦，不要说梦本身就是"虚幻"的，连秦可卿整个卧房的摆设器物也全部成为假托虚构的寓言。例如"一边摆着飞燕立着舞过的金盘，盘内盛着安禄山掷过伤了太真乳的木瓜。上面设着寿阳公主于含章殿下卧的榻，悬的是同昌公主制的连珠帐"。这些看来应该摆放在故宫博物院中的宝物，竟有安禄山掷伤杨贵妃胸部的"木瓜"，这就摆明并非写实。也就是秦可卿卧房的各种名贵物品只是一种象征，全部由视觉接收。

宝玉对这间卧房很满意，秦可卿便"亲自展开了西子浣过的纱衾，移了红娘抱过的鸳枕"。这里又来一次实物虚写，却是可以透过触觉来感受。

不论嗅觉、视觉、触觉，以上所有的书画以及名贵陈设，都跟古代香艳风流的爱情故事有关，很明显可卿住在这个房间，她必然也属于这一流的女子。

宝玉在房间躺下便惚惚睡去，梦中仿佛看着秦可卿在前面，他便跟着她走啊走的，就来到一个仙境，遇到警幻仙姑，便忘了秦可卿，只跟着警幻仙姑走，看见有个横建的石牌，上写"太虚幻境"四大字，两边一副对联，乃是："假作真时真亦假，无为有处有还无。"前面说过，情境跟第一回甄士隐梦中所到、所见完全一样。

宝玉后来又到了"薄命司"，看见里边橱上有"金陵十二钗正册、副册、又副册"等，这些册子几乎就是书中十二位重要女子的"命运册子"，预言了她们未来的结局。

《红楼梦》中，经常用花、芳、香、红、艳等字譬喻年轻纯洁的女子。宝玉来到这里，闻到一缕幽香，警幻仙姑说它名为"群芳髓"，它的双关意思是"一群年轻的女子都粉身碎骨了"。后来仙姑又给宝玉喝"千红一窟"茶，双关意思是最后众女子皆同声一哭。之后，宝玉闻得清香甘冽的好酒，警幻说它叫"万艳同杯"酒。"千红"跟"万艳"意思相同，双关意思是众女子将同归于悲剧。

以上书中叙述的文字很长，内容丰富，尤其"金陵十二钗正册、副册、又副册"内容丰富，用暗示、用双关、用伏笔等各种高妙的技巧把故事和人物未来都安排好了。这时宝玉当然看不懂，读者应该也看不懂，要到全书结尾，甚至再三阅读，才能领悟出来。

读者看到宝玉睡在秦可卿卧房，梦中和叫可卿的女子谈恋爱。许多读者就解读为宝玉在梦中和现实中他的侄媳妇秦可卿做爱，有乱伦之嫌。

但是，把秦可卿视为一个象征来阅读更为确切。秦可卿在《红楼梦》中出现极少，她才上场就一直生病，很快又去世。她生的病源"是个心性高强聪明不过的人；聪明太过，则不如意事常有；不如意事常有，则思虑太过。此病是忧虑伤脾，肝木忒旺……"在十一回就病逝。荣宁二府上上下下所有的人都极为喜欢她，所以全体都非常悲恸。但是，她究竟有多贤慧、如何得到人心，《红楼梦》不像写其他人物一样"描写"她，她太抽象了。与其说她是书中真实人物，不如说是一个象征。她象征世间最完美的女子。而在《红楼梦》的哲学里，好的、美的人、事、物都不会长久，秦可卿的完美与早逝最能代表。

作为象征，人间的秦可卿和天上叫兼美的可卿，自然是互为影射。

可卿有多美呢？宝玉见到时"其鲜艳妩媚，有似乎宝钗，风流袅娜，则又如黛玉"。也就是说，秦可卿兼有两大美女黛玉及宝钗的美貌气质；实际上，她还兼有黛玉宝钗两人个性的优点，所以她叫"兼美"。这样一位完美的女子，警幻仙姑认为可以匹配宝玉，所以让他们两人谈恋爱。

在谈恋爱之前，警幻仙姑先来一场情淫教育，她说："尘世中多少富贵之家，那些绿窗风月，绣阁烟霞，皆被淫污纨绔与那些流荡女子悉皆玷辱。更可恨者，自古来多少轻薄浪子，皆以'好色不淫'为饰，又以'情而不淫'作案，此皆饰非掩丑之语也。好色即淫，知情更淫。是以巫山之会，云雨之欢，皆由既悦其色、复恋其情所致也。吾所爱汝者，乃天下古今第一淫人也。"

在曹雪芹时代，"好色即淫，知情更淫"，可以说是非常前卫的看法。而"巫山之会，云雨之欢，皆由既悦其色，复恋其情所致也"，可以说是中国第一位提出男女相爱要灵肉一致的人。

"淫"这个字，原本没有正反之意。《说文解字》："淫，浸淫随理也。"因为喜好而浸润其中就是淫。它可以指好事，也可以是恶行。淫字本身并不具褒贬，但是后来被引申为有贬意。

警幻仙姑这里使用的"淫"字，毫无贬意，包括她说的"意淫"，也和现代社会的定义不同。警幻说："淫虽一理，意则有别。如世之好淫者，不过悦容貌，喜歌舞，调笑无厌，云雨无时，恨不能尽天下之美女供我片时之趣兴，此皆皮肤滥淫之蠢物耳。如尔则天分中生成一段痴情，吾辈推之为'意淫'。'意淫'二字，惟心会而不可口传，可神通而不可语达。汝今独得此二字，在闺阁中，固可为良友，然于世道中未免迂阔怪诡，百口嘲谤，万目睚眦。今既遇令祖宁荣二公剖腹深嘱，吾不忍君独为我闺阁增光，见弃于世道，是以特引前来，醉以灵酒，沁以仙茗，警以妙曲，再将吾妹一人，乳名兼美字可卿者，许配与汝。今夕良时，即可成姻……"

警幻仙姑以上语言，拿来跟全书宝玉的思言行为相对照，就可以理解意淫的真谛，这要读者慢慢品味。

话说宝玉依着警幻所说，就跟可卿行了"儿女之事"。第二天，两人更是柔情缱绻，难解难分。携手游玩时，忽见前面荆榛遍地，狼虎同群，迎面一道黑溪阻路，并无桥梁可通。正犹豫之间，忽见警幻从后追来，道："快休前进，作速回头要紧！"宝玉忙止步问道："此系何处？"警幻道："此即迷津也，深有万丈，遥亘千里……"话犹未了，只听津内竟有许多夜叉海鬼将宝玉拖将下去，唬得宝玉汗下如雨，一面失声喊叫："可卿救我！"

宝玉本来在香甜旖旎的美梦中，突然遇到不可抗拒的险境，这表示什么意思呢？《红楼梦》最擅长运用"梦"，这里就用宝玉这个梦，来定义男女之爱的真谛，也预言男女爱情之路的踬踬难行。即使有完美如宝玉的男子，和情淫兼美的女子可卿，在爱的路上也会遇到荆榛遍地，狼虎同群，又有夜叉海鬼要吃人。以他们两人完美如此，爱情之路竟然还是难如上青天！

回头看，宝玉在秦可卿卧房午睡，入梦前仿佛跟着秦可卿走，那表示，整个《红楼梦》的大故事中，宝玉原身石头因为对人间产生感情，乃到人世阅历。他的确是因情（秦）来到人间，做了一个"红楼中的大梦"；最后，梦中的宝玉大叫："可卿救我！"这表示顽石宝玉因情（秦）而到人间十九年，最后也因情（秦）而悟道出世。

第五回这个梦，是全书大架构中的主峰，不但预言结局，也暗示主题。

二 黛玉葬花

林黛玉祖先一直都是钟鼎之家、书香之族。可惜林家支庶不盛。黛玉父亲林如海四十岁时,三岁儿子夭折。只有嫡妻贾氏,生下黛玉。夫妻无子,故视黛玉如珍宝,又见她聪明清秀,便使她读书识字,聊解膝下荒凉之叹。没想到黛玉母亲又病故,她的外祖母,也就是宝玉的祖母贾母坚持把黛玉接过去抚养。六岁的黛玉就这样进了贾府,跟大她一岁的宝玉成为青梅竹马的知音。

在曹雪芹写的前八十回里,上有贾母,下有宝玉,给了黛玉家庭人伦的温暖,后来她连父亲也去世了,可是寄居在贾府六年,她毫无凄凉之感。

在第五回,警幻仙姑让最完美的男人宝玉和最完美的女子可卿相爱,仍然遭到恶鬼挡路。所以宝黛爱情充满坎坷,早已埋下了伏笔。

在那婚姻完全不能自主,爱情绝对不能说出来的时代,黛玉才发现无父无母可以依靠的孤单,她的爱情只能依赖万事也不能做主的宝玉，而她觉得宝玉是"见了'姐姐'，就把'妹妹'忘了"的人，黛玉无法确定他到底爱不爱自己。在那个时代，以黛玉的性格，是绝对无法启齿询问宝玉的。她必然感到孤儿的凄凉、身世的悲哀。想想，一个十二岁、心思灵敏的女孩，天天被严重的危机感与恐慌症纠缠着，叫她如何开心、如何乐观起来？她必定会走上无助、悲伤、荒凉的悲观之路。

宝黛两人相处的细节是从宝钗来了之后才细细描写。这中间，宝黛并非天天吵架，他们仍然有很多两小无猜、情趣无限的美好情景。

第十七回林黛玉误以为贾宝玉把她做的荷包送人而生气，没想到宝玉把它紧紧地藏在内衣里面，任何人都抢不走的，这是多么坚定的爱的象征。

宝黛之恋，有许多让读者沉醉之处，尤其十九回到三十九回可说是"景点"连连，值得细细品尝。例如十九回"情切切良宵花解语，意绵绵静日玉生香"，光是回目文字就非常温馨：在静日良宵之中，林黛玉和贾宝玉之间正是切切情语、绵绵暖意，黛玉和宝玉两个"玉"的情意使得满室生香，当然也双关着黛玉不只心灵解语而且身形奇香，真不愧是一朵世外仙葩。

曹雪芹用极为细腻的笔触，描写两人从天真无邪的两小无猜，到无拘无束的亲昵甜蜜，在言语动作中洋溢着初恋的美好情愫，无限的情意、无比的情趣，荡漾在字里行间。谁说林黛玉只会吃醋生气呢？这里虽然也遇到了平时一谈就生气的事情，两人却因互相信任而毫无障碍。当宝玉问黛玉身上怎有一股奇香时，黛玉说："难道我也有什么'罗汉''真人'给我些香不成？便是得了奇香，也没有亲哥哥亲兄弟弄了花儿、朵儿、霜儿、雪儿替我炮制。我有的是那些俗香罢了。"这话就是轻含醋意、微带撒娇说自己不如宝钗有"罗汉、真人"送她冷香丸的药方，即使有了药方，也没有像宝钗般有疼爱她的哥哥到处设法寻找药引、不怕费工，为她制作冷香丸云云。因黛玉并没生气，宝玉才敢动手往黛玉膈肢窝内乱挠，逗得黛玉求饶。不想刚刚歇息，黛玉又笑道："你有玉，人家就有金来配你；人家有'冷香'，你就没有'暖香'去配？"宝玉作势要再去挠她。

这里，黛玉提到平时忌讳的"金锁"和"冷香"（丸），两人却是毫无猜忌。甚且，这一回里，令人惊讶的是，千金小姐黛玉竟然也会说"放屁"两个字（"放屁！外头不是枕头？拿一个来枕着"），用这粗话来表现两人可以无所不谈的关系，放在这个场合，使得黛玉的语言粗得如此的亮丽，真是精彩绝伦！

当黛玉用自己的帕子替宝玉揩拭脸上胭脂时，嘴里情意缠绵地叨叨的话儿，活像少年夫妻的口吻。然而，他们所有的语言动作都是那么恰到好处地既天真又明朗，只有黛玉这种超绝性灵的女子才能让读者看到她的媚语和媚态，也只有宝玉这种超绝性灵的男子才能把黛玉的妩媚挑拨出来。

就爱情而言，宝玉确实只爱黛玉。只是，他同时也欣赏、也想保护、也极爱惜其他女孩和干净的男人。而林黛玉一无所恃，唯恃爱情；一无所见，唯见爱情。她把全部的自我都沉浸在爱情的深海中，在不安的海域里载浮载沉。当爱情的痛苦千回百转地折磨一个女孩时，会产生无比负面的力量，通常反映出来的是：嫉妒、吵架、虐待、殉死。高鹗接续曹雪芹书写的完成本，黛玉就是走在这条路上。

第二十六回至二十七回，黛玉去找宝玉，恰巧晴雯正在闹脾气，没有听出黛玉声音而未开门，黛玉吃了闭门羹，独自伤心回到潇湘馆，伤心了一夜。第二天芒种节，是春季最后一天，大观园的女孩们都忙着要祭饯花神热闹非凡。只有黛玉独自一人到之前和宝玉一起葬花的地方，一边葬花，一边哭泣，一边吟唱出她的千古绝唱《葬花词》。这首诗仿效初唐体的歌行，不仅用来抒悼春惜花之情，更且花人合一，惜花亦且惜人：黛玉父母双亡，寄人篱下，正是"红消香断有谁怜"；而世态炎凉，人情冷暖，正是"一年三百六十日，风刀霜剑严相逼"。没有城府、不擅算计的她，只有"愿奴胁下生双翼，随花飞到天尽头"，即使到了"天尽头"，又"何处有香丘"呢？所以"未若锦囊收艳骨，一抔净土掩风流"，仍是无力回天，无可奈何的绝望。尽管如此多的感伤、如此多的负面思考，她仍然自尊自重且自负："质本洁来还洁去，强于污淖陷渠沟。"此诗足足地是缠绵悱恻、哀感顽艳矣！

然而，《葬花词》的魅力还不只是用落花象征红颜薄命，不只是诗歌本身的绝美；大部分红学家都相信它同时是黛玉自作的诗谶，照此，曹雪芹原本安排黛玉的结局，可以在这首诗中找到很多伏笔。只因曹雪芹惯常使用的前后呼应的技法时常太隐微，目前很难在《葬花吟》中指出哪些地方与黛玉的命运一一对位，不过，整体来说，全诗与脂砚斋批黛玉是"泪尽夭亡"相合。

　　林黛玉歌《葬花吟》时，恰好宝玉到来，"不觉恸倒在山坡之上"，之后，宝玉向黛玉回顾他们两人从小儿"一桌子吃饭，一床上睡觉。丫头们想不到的，我怕姑娘生气，我替丫头们想到了"，做了由衷的剖白，两人又言归于好。这就是恋爱。

　　所有读者都看得出来，林黛玉和薛宝钗之间有心结，宝玉为此夹在中间，时常两面不讨好。宝玉十三岁时，被赵姨娘和马道婆施魔魔法镇得快死去，幸好青埂峰下那一僧一道相救，方苏醒过来，那时"别人未开口，黛玉先就念了一声'阿弥陀佛'。薛宝钗便回头看了他半日，嗤的一声笑……道：'我笑如来佛比人还忙：又要讲经说法，又要普度众生；这如今宝玉、凤姐姐病了，又烧香还愿，赐福消灾；今才好些，又管林姑娘的姻缘了。你说忙的可笑不可笑。'"

　　诸如此类，互相讽言刺语的场面实在不少。

　　在三十六回，袭人请宝钗替她暂时看着睡觉的宝玉，才一会儿，"忽见宝玉在梦中喊骂说：'和尚道士的话如何信得？什么是金玉姻缘，我偏说是木石姻缘！'薛宝钗听了这话，不觉怔了"。这一件偶发的小事，可能使宝钗退出争风吃醋的战场。

　　到了四十回，众人行酒令时：

　　鸳鸯又道："左边一个'天'。"黛玉道："良辰美景奈何天。"宝钗听了，回头看着他。黛玉只顾怕罚，也不理论。鸳鸯道："中间'锦屏'颜色俏。"黛玉道："纱窗也没有红娘报。"

紧接着，在四十二回宝钗把黛玉带到蘅芜苑进了房，宝钗笑道："你跪下，我要审你。"虽然是笑着说，对黛玉来说是相当严苛的。接着是揭发黛玉之前行酒令时，不小心用的一个是《牡丹亭》的句子，一个是《西厢记》中的句子，这些书在那个时代认为是禁书，千金小姐怎能偷偷阅读呢！宝钗抓到这个把柄，数落黛玉。没想到一向高傲的黛玉万分羞惭，一再求饶，宝钗借机再教训黛玉女孩家应该做哪些本分事儿等。这些话在今天看来都十分迂腐，即使在当时宝玉的眼中也不以为然，可是，偷看爱情书籍的黛玉，一心只有惭愧，对于宝钗的说教全盘接受。

同一回里，大伙在看惜春的画时，黛玉笑惜春"把他的嫁妆单子也写上了"，探春叫宝钗罚黛玉。

宝钗笑道："不用问，狗嘴里还有象牙不成！"一面说，一面走上来，把黛玉按在炕上，便要拧他的脸。黛玉笑着忙央告："好姐姐，饶了我罢！颦儿年纪小，只知说，不知道轻重，作姐姐的教导我。姐姐不饶我，还求谁去？"众人不知话内有因，都笑道："说的好可怜见的，连我们也软了，饶了他罢。"

宝钗原是和他玩，忽听他又拉扯前番说他胡看杂书的话，便不好再和他厮闹，放起他来。黛玉笑道："到底是姐姐，要是我，再不饶人的。"宝钗笑指他道："怪不得老太太疼你，众人爱你伶俐，今儿我也怪疼你的了。过来，我替你把头发拢一拢。"黛玉果然转过身来，宝钗用手拢上去。

事实上,"金玉良缘"的压力并没有解除,可是,仅仅宝钗抓住黛玉看《牡丹亭》的小辫子,黛玉对宝钗就心悦诚服,完全没有芥蒂。事实上,宝钗自言小时候"也偷背着"大人看《西厢记》等书,被知道了……"才丢开了"。如果认为不良读物"丢开"了,怎么内容文字却记得一清二楚呢?宝钗实在是自己在圆谎,这更衬托出黛玉多么单纯、毫无心机。更重要的是,当黛玉解除芥蒂之后,读者看到的黛玉是多么风趣幽默、俏皮可爱啊!

到了第四十五回"金兰契互剖金兰语,风雨夕闷制风雨词",钗黛两人在谈黛玉的病时,黛玉非常感动:

黛玉叹道:"你素日待人,固然是极好的,然我最是个多心的人,只当你心里藏奸。从前日你说看杂书不好,又劝我那些好话,竟大感激你。往日竟是我错了,实在误到如今。细细算来,我母亲去世的早,又无姊妹兄弟,我长了今年十五岁,竟没一个人像你前日的话教导我。怪不得云丫头说你好,我往日见他赞你,我还不受用,昨儿我亲自经过,才知道了。比如若是你说了那个,我再不轻放过你的;你竟不介意,反劝我那些话,可知我竟自误了。若不是从前日看出来,今日这话,再不对你说。"

从此黛玉把宝钗当成知己,再没有吃醋的事。这种情形,看在宝玉眼里,当然纳闷,在四十九回,贾母极为疼爱薛宝琴，琥珀指黛玉会吃醋，宝钗忙拦着说黛玉喜欢宝琴"比我还疼呢，那里还恼"？宝玉"审度黛玉声色亦不似往日，果然与宝钗之说相符，心中闷闷不解"。等到过后宝玉用《西厢记》为典问黛玉时，她也是全盘托出，试想，心性孤傲的林黛玉，对着宝钗、宝玉两次坦承自己以前误会宝钗"心里藏奸"，对一位高傲的千金小姐来说，这么大方是极不容易的。

到了五十八回，因贾府有事，就由薛姨妈挪至潇湘馆来和黛玉同住，"一应药饵饮食十分经心。黛玉感戴不尽，以后便亦如宝钗之呼，连宝钗前亦直以姐姐呼之，宝琴前直以妹妹呼之，俨似同胞共出，较诸人更似亲切"。从此黛玉都只管对着薛姨妈叫"妈"了。在曹雪芹的前八十回里，林黛玉从此对薛宝钗推心置腹，而"金玉良缘"的社会观念并没有丝毫改变，黛玉能够如此，足见她的胸中丘壑是如何地坦荡荡！

说起黛玉的性格，只是对自己容易悲观自伤，她待人是善良而且平等的，她并没有千金小姐的架势，跟她的贴身侍女紫鹃情同姐妹，香菱缠着她学诗，她也很开心地教她。

至于宝玉这边，早在二十八回他就跟黛玉说："我心里的事也难对你说，日后自然明白。除了老太太、老爷、太太这三个人，第四个就是妹妹了。要有第五个人，我也说个誓。"之后宝玉再三和黛玉保证唯她是爱，黛玉和宝玉的情感终于稳定下来。

三　宝玉挨打

贾政和宝钗有些相像，他们都是接受传统价值观调教出来的"样品"。只不过，贾政不及宝钗聪明伶俐，贾政的名字就带有"假正经"的微讽，也就是，他一心一意要正正经经做人行事：维护祖先荣光、调教子女成材、敬老尊贤结交益友。他自己就身体力行，努力个人修为。可惜，在实践上，他总是力不从心。不像宝钗把传统调教的美德，自然而完美地实践出来。

表面看，他深受儒家思想影响，但清代所谓的儒家，距离孔子的言教实在太远了。如果拿《论语》中的尺度来衡量贾政，或者书中所有读书人，只怕都是不及格的。

孔子要人修身齐家治国平天下，一步步来。以修身而言，贾政总说自己守正不阿，但在七十六回中击鼓传花，花到贾政手中，得说个笑话，他说了一个怕老婆的人得舐老婆的脚。这非但不可笑而实在是可恶，足以显示他品味的层次。

他的脑袋过于古板，"大观园试才题对额"中贾政自己说:"你们不知,我自幼于花鸟山水题咏上就平平;如今上了年纪,且案牍劳烦,于这怡情悦性文章上更生疏了。纵拟了出来,不免迂腐古板,反不能使花柳园亭生色……"

在他的生活中,丝毫没有滋润生命的精神生活。要说他结交一些清客,可以闲谈助兴,但是他眼睛又无识人之明。第八回,宝玉一路遇见贾政"门下清客相公詹光、单聘仁二人走来",甲戌脂本评说詹光乃"沾光之意",单聘仁乃"善于骗人之意",其他清客如"卜固修"(不顾羞)、"胡斯来"(胡死赖)等,作者用谐音来讽刺他们品德之下流,可见结交的朋友都是招摇撞骗之流。

接着宝玉又遇到"银库房的总领名唤吴新登与仓上的头目名戴良……买办名唤钱华……"甲戌脂本评说吴新登双关"无星戥",戴良双关"大量",钱华双关"钱开花",这些充满贬意的人名,竟然都是替贾政管财务的人。在在显示他识人不明。

《红楼梦》里代表不择手段争名逐禄的投机政客贾雨村,却是由贾政一手帮忙起家,而贾雨村贪赃暴虐,他竟然视若无睹,甚且还热衷与其来往。后来贾府有难时,贾雨村竟然忘恩负义落井下石,这不是贾政自找的吗?

贾政自己行为端正,但贾府里同辈晚辈为非作歹,他全然不知。当他外放江西粮道时,下面的人横行不法,公然纳贿,他也全然不知,可谓昏聩。

如果说,贾政只是识人不明,那是天生能力不足,也难以强求。小说第三回说"这贾政最喜读书人,礼贤下士,济弱扶危，大有祖风"，这位一心一意要做正人君子的贾政，在自己亲外甥薛蟠胡闹犯法打死人时，竟公然徇情枉法，全力援救，让薛蟠逍遥法外，让无辜死者含冤去世。这又怎么说呢？

至于"齐家"，他自己的"小家庭"里，有一妻二妾，其中周姨娘，极少出现，没有声音，反衬出另一位经常大呼小叫不断闹事撒野的赵姨娘，偏是最得贾政宠爱，她才敢那么嚣张。他宠着一个无品无德的女人，又是怎样的齐家呢？

整个《红楼梦》就是写上梁不正下梁歪，贾政、贾赦完全缺乏修身齐家的能力，把祖先汗马打下的勋业搞得"落了片白茫茫大地真干净"，还谈什么下一步要治国平天下呢？

高鹗续写的后四十回，改写了贾政，在八十五回就让贾政高升郎中。按第五回《红楼梦曲·恨无常》中，元春哭着说："故向爹娘梦里相寻告：儿命已入黄泉，天伦呵，须要退步抽身早！"分明伏下贾政失势之笔。高鹗甚且更改前八十回文字，大力恭维贾政。第三十七回，脂本说程本加了数十字说他"人品端方风声清肃"，等等。

高鹗的这些举动，说明他肯定贾政的风格，也说明他自己和贾政是相同的精神层次。事实上，也代表社会众多读书人的价值观。所以，在那个时代，贾政逼迫宝玉必须走仕途经济之路，是正常现象，不算"家暴"呢。

宝玉的骨子里其实非常接近孔子，宝玉反对的是后世那些解经者，他反对那些打着孔子招牌、其实是变形的儒家，反对利用孔子的说法"学而优则仕"，实际上只追求功名利禄而蝇营狗苟的人。孔子说"学而优"的人才能"仕"，如果要人人都钻进这条窄路，岂不是窄路也变成死路？孔子是尊重个人资质，是要因材施教的。

孔子讲究"修齐治平"是一个理想，不是人人做得到的，首先要修身，接着才能齐家，宝玉的生活理想难道不就是修身齐家吗？他对身边每个人都好，包括那一有机会就想害死他的贾环，宝玉希望每个人都生活幸福，他自己当然希望可以跟黛玉结婚成家，过着幸福美满的家庭生活就好。这不就是修身而又齐家了吗？以我们现代人来看，宝玉无意于功名富贵，有什么不可以，有什么过错，有什么对不起祖宗？即使在古代，拒绝功名隐居不仕的大有人在，全部都在历史上得到崇高的清誉啊！

后世所谓的儒家学者或者儒教中人，打着孔子的招牌，曲解孔子、食古不化、道貌岸然，其实古板迂腐。就看看《论语》里的孔子，是多么的幽默可亲，对待学生如子女般亲切，孔子也欣赏曾皙只想过着清闲悠哉的生活，孔子的终极理想是天下太平，人人各得其所，不是人人都做宰相！孔子从来就不是道学家。

贾宝玉非常肯定"四书"，第三回他说："除'四书'外，杜撰的太多……"三十六回说"除'四书'外，竟将别的书焚了"、十九回说"只除'明明德'外无书"。

宝玉喜欢读书，但不愿意读书用来考试做官。有一次史湘云劝他："该常会这些为官作宦的，谈谈讲讲些仕途经济的学问。"平常绝对不给女孩脸色看的宝玉"听了，如针刺耳，大为反感"，居然不礼貌地对史湘云说："姑娘请别的姐妹屋里坐坐,我这里仔细肮脏了你知经济学问的人。"

宝玉其实非常守礼,许多学者总是嫌他软弱,不敢真正叛逆"封建社会",其实,宝玉既有家教又有涵养,他不同意父母亲,但尊敬他们;他对贾母撒娇,是因为贾母喜欢这样;他最喜欢清洁单纯的男女,不论尊卑,他是最具有平等的人道精神的人。以现代的语汇来说:宝玉站在时代的最前端,太前卫了,当时当然就被归入"异端"。

老实说,贾政的人格作为,如果他不是宝玉的父亲,必然被宝玉归入可耻的"禄蠹"之徒!可是,宝玉仍然愿意屈居儒家伦常的规范内,他怕父亲就消极地逃避父亲,但不公然反抗父亲。

贾政完全不理解宝玉,直接把自己人生的"理想"强加在儿子身上,先不说他的理想是否正确,应该说,他自己就无法达到这个理想。自己都做不到,有什么资格强迫儿子去做呢?虽说这样的父亲在世界上多得是。所以只能说,贾政要求宝玉"留意于孔孟之道,委身于经济之间"并不为过。

只是,贾政对待宝玉的方式,实在叫人不敢苟同。尤其贾政要宝玉成材,目的完全不在为宝玉着想,他脑袋里第一目标是他自己也没做到的为"祖先争光",事实上他因此更希望宝玉能为他自己争光吧!

严父慈母本是中国社会的传统,贾政严厉对待儿子,现代人看了不以为然,但是在古代,算是正常。让贾政头疼而束手无策的是:用"正常"的方法对付宝玉完全不见效果。

宝玉如果品质差、笨头笨脑,像贾环一样,也许贾政就放弃了。偏偏宝玉绝顶聪明，二十三回，奉元妃旨意让孩子们住进大观园时，贾政抬头"见宝玉站在跟前，神采飘逸，秀色夺人；看看贾环，人物委琐，举止荒疏；忽又想起贾珠来，再看看王夫人只有这一个亲生的儿子，喜爱如珍，自己的胡须将已苍白；因这几件上，把素日嫌恶处分宝玉之心不觉减了八九"。

宝玉这个人，外观上就让一向"嫌恶"他的父亲也抗拒不了他的魅力。更不用说在"大观园试才题对额"时，宝玉大展文才，贾政忍不住"点头微笑"，虽然他很快又恢复习惯性的辱骂"无知的业障、无知的蠢物"之类。但他确实看出宝玉才高八斗。偏在古代诗词歌赋只是"雕虫小技耳"，并非读书人的正道，这是整个时代的价值观。

贾政认为男人，尤其有能力的男人，理当"留意于孔孟之道，委身于经济之间"，宝玉明明有这个能力，偏偏不肯"上进"，叫贾政如何不气结？

贾政对宝玉失望，其来有自，宝玉周岁时，贾政要试他将来的志向，"便将那世上所有之物摆了无数，与他抓取。谁知他一概不取，伸手只把些脂粉钗环抓来。政老爹便大怒了，说：'将来酒色之徒耳！'因此便大不喜悦"。大约从此，对宝玉一见面就是"业障、蠢物"地混骂了。

不要说从贾政的角度看宝玉是"不肖"，连读者也看出两人是背道而驰，极端地不"肖／像"啊！现代读者很难理解宝玉既然"反叛封建"，为什么不敢明目张胆、大刀阔斧地反抗？宝玉一出场才七八岁，《红楼梦》只不过写他十二年的生活过程，这中间就是他不知不觉慢慢走着反其道而行的步子。到了小说结束时，十九岁的宝玉"悬崖撒手"就是完成最彻底的反抗。虽然，小说的主题不仅仅止于此。

宝玉挨打，不是偶发事件，它是贾政和宝玉长期累积冲突的暴发点，用剧烈的形式表现父子的冲突，这件事对于父子两人，都是一场严酷的考验。它的象征意义远远大过实际行动。就贾政而言，把一向养尊处优的儿子打得皮开肉绽差点残废，潜意识是要挑战那些袒护宝玉的力量，讨回他在家族里的地位，实现父教的权力。宝玉如果不能痛定思痛改邪归正，将来的刑罚就会更重。

宝玉挨打，是《红楼梦》高潮之一。挨打之前，先来三个导火线：首先是宝玉因金钏儿跳井，伤心得"五内摧伤"，贾政竟要他去会见贪官污吏贾雨村，贾政极不满意儿子的无精打采。接着，素无来往的忠顺王爷竟然来向宝玉索讨优伶蒋玉菡。贾政接待来人时低三下四，而对方长府却高傲冷笑，盛气凌人。可见贾政完全惹不起对方。紧接着贾环又搬弄是非，污蔑宝玉强奸金钏儿不遂，逼得她自杀。这三宗案子，接连而来，一个比一个严重，使得一向就平庸的贾政完全没想到要考证真假，就暴怒动刑。

宝玉在这场酷刑中，没有逃跑、没有反抗。这不是软弱，而是宝玉的教养，在五伦中，作为一名儿子，在父亲手下得逆来顺受。

但是，不论鞭笞得多么严厉，宝玉既不认错也不求饶，当然更不会表示悔改之意。宝玉用行动——即使打死——仍然坚持自我。

宝玉挨打,最后由贾母出面把贾政骂得灰头土脸,狼狈离开。整个挨打事件对于传统又矛盾的人伦系统不无讽刺:母亲可以管教儿子,却不让儿子去管教孙子。不过,那不是宝玉挨打事件的重点。另一方面,值得注意的是:经过这次挨打事件,读者看到宝玉独特的价值取向和感人的体贴情怀。

当宝钗来看他,话中有怜惜之意,宝玉"不觉心中大畅,将疼痛早丢在九霄云外",心中自思:"我不过挨了几下打,他们一个个就有这些怜惜悲感之态露出,令人可玩可观,可怜可敬。假若我一时竟遭殃横死,他们还不知是何等悲感呢!既是他们这样,我便一时死了,得他们如此,一生事业纵然尽付东流,亦无足叹惜,冥冥之中若不怡然自得,亦可谓糊涂鬼祟矣。"永远极为珍惜别人的关心,立刻忘记自身的痛苦,这是宝玉可贵的性情。

接着,袭人跟宝钗谈起宝玉因薛蟠惹祸而挨打,宝玉立刻阻止袭人,重伤的宝玉仍然最先关心他人,这是宝玉高贵的情操。

宝玉挨打,还潜藏着一桩嫡庶之争。贾环不但气质低劣、品格恶烂,又是庶出,处处惹人讨厌。他和母亲赵姨娘总是千方百计要陷害宝玉,有一次故意打翻灯台,烧伤宝玉,宝玉竟然还为他说话遮掩。也就是,宝玉对人根本没有高低之分,又哪来的嫡庶之别?对待陷害自己的人仍然这么护卫,宝玉众生平等的精神,在那个时代,实在太前卫了。

宝玉挨打,使得许多人物真情流露,可真是一场"大观园"。

首先是宝玉的亲生母亲王夫人。这位虔诚信佛、温柔慈祥的母亲面对亲生子被痛打时，一面大哭一面诉说她早夭的长子贾珠，说："若有你活着，便死一百个我也不管了。"又指着宝玉哭道："你替珠儿早死了，留着珠儿，也免你父亲生气，我也不白操这半世的心了。这会子你倘或有个好歹，撂下我，叫我靠哪一个！"

原来，王夫人护着宝玉是为了养儿防老。不只这样，在整本书里，我们实在看不出王夫人有什么善良本质，有什么母性情愫。贾政打的是自己的儿子，她却是逼死别人的女儿金钏儿、晴雯，逼得芳官、药官只能出家。

王熙凤在挨打的场子里，看不出对宝玉有无疼惜之情。只见她如临大敌，用心发挥她指挥若定的能力，责骂丫鬟媳妇不能搀着宝玉走，要用藤屉子春凳云云。之后，她探望宝玉时只说："可好些了？想吃什么，叫人往我那里取去。"她没有表现任何情绪性的喜怒哀乐，只做着公关，很令人玩味。

宝钗探伤时，手托一丸药走进怡红院，作者用一"托"字，仿佛可以让所有人都看见，流露着富有家庭拥有独特的药丸吧？也因此，可以光明正大地来探病。

当她跟宝玉讲话时，开口是"早听人一句话，也不至今日"。这流露出她的价值观：宝玉的确犯错，的确该打。不过，接下来说："别说老太太、太太心疼，就是我们看着，心里也疼。"刚说了半句又忙咽住，自悔说的话急了，不觉红了脸，低下头来。

事事端庄得体的宝钗，在这里表现少有的"失态"，有些读者认为她不自觉流露出爱宝玉之意。不过她马上自觉、立刻恢复正常，并和袭人聊天。当袭人不小心说出薛蟠惹祸时，宝玉立刻维护薛蟠，让宝钗很感动，不过心底想的仍然是"你既这样用心，何不在外头大事上做工夫，老爷也欢喜了，也不能吃这样亏"，仍有责备之意。

反而是，提到他哥哥惹祸，她大方地说："到底宝兄弟素日不正，肯和那些人来往，老爷才生气。就是我哥哥说话不防头，一时说出宝兄弟来，也不是有心调唆……"这"素日不正"仍是责备，且轻而易举地为流氓哥哥开脱罪名。

宝玉挨打事件里，曹雪芹用很少的文字写黛玉，却是四两拨千金。

黛玉偷偷地、默默地来看宝玉，她极怕别人看到她对宝玉的关心，"两个眼睛肿的桃儿一般"，可见她私下里偷偷哭了多久、心伤得多深。读者立刻可以确定她是所有人中，心痛最深的人。这肿得"桃儿"般的两眼，也呼应了前世绛珠仙草到人间来要以泪水回报神瑛侍者的"木石前盟"。

平时口齿伶俐的黛玉，这时几乎什么话都说不出来，她不问为何挨打，不责备宝玉犯错，也不怪罪他人，她只是疼惜，疼惜宝玉挨了重打。宝玉知道她难过之极，骗她说："我虽然捱了打，并不觉疼痛。我这个样儿，只装出来哄他们，好在外头布散与老爷听，其实是假的。你不可认真。"黛玉自然不信，仍是哭泣，哭了半天后，只吐出一句话："你从此可都改了吧！"千言万语，浓缩成八个字而已。

黛玉忘我的哭泣、忘我的爱，宝玉百般的呵护、百般的怜惜，充分表现两人爱情已到成熟阶段，两人的语言动作像小夫妻般恩爱。过后，一听说王熙凤要来，黛玉怕哭肿的眼睛被嘲笑，急急逃回潇湘馆，宝玉一直挂念着，特别支开袭人，唤晴雯送两条旧手帕给黛玉。黛玉是为了宝玉而哭肿眼睛，宝玉给她的是"两条手帕"，用了复数代表泪多要拭，并请她止泪。而用一"旧"字，也暗示过去黛玉一直为他而哭，送帕代表宝玉送给黛玉的定情物，黛玉当然心有灵犀一点通，"一时五内沸然而炙起"，感念一夜，这又是他们爱情的一次高峰。

接着下一回，黛玉独立于花阴之下，"远远的却向怡红院内望着"，只见李宫裁、迎春、探春……一个个探望者自由来来去去的，独独她特别挂念，却不好意思再去，一直巴巴地望着望着，直到紫鹃来唤她吃药，她"方觉得有点腿酸"，原来站太久了。这样描写黛玉，轻轻落笔，却是精彩绝伦。

四　甄贾宝玉

小说第一回作者说整个故事是"将真事隐去……故曰'甄士隐'……用假语村言……故曰'贾雨村'……"明白告诉读者，《红楼梦》里的故事真假交融，不要随便对号入座。更重要的是，"真假"两字的意义在全书中不单是一般人说的真与伪，它还有正/反、正/侧等许多含义，读者要用心思考。

小说中的"贾雨村"和"甄士隐"不但用来谐音"假语村言"和"真事隐去"，他们同时也是小说中两位具有象征作用的人物；一位姓"贾"，和"假"谐音，一位姓"甄"，和"真"谐音（因谐音而双关的手法在全书中经常使用）。同时，贾雨村代表追求功名利禄的男人，甄士隐代表看破红尘隐居不仕的读书人。他们同时又是整部小说揭开序幕跟关闭谢幕的人物。

在第一回，甄士隐梦游"太虚幻境"，看到"两边又有一副对联，道是：假作真时真亦假，无为有处有还无"，就"预告"了第五回宝玉梦游太虚幻境，所见完全相同。更重要的是，这副对联暗示了整部小说的主题之一。所以，真和假、有和无，在阅读《红楼梦》时，是一个重要的钥匙。小说主角宝玉，就有贾（假）宝玉和甄（真）宝玉两位。

在曹雪芹所写的前八十回里，甄宝玉从来没有直接出场，他几乎像贾宝玉的影子，只偶尔"镜像"一下。小说中，金陵甄应嘉的祖先也像贾家鼎盛时期，曾经"接驾四次"，他有位儿子也叫宝玉。这位甄宝玉和贾宝玉有很多共同点，都是透过来往的仆人之口叙述出来。例如他们都长得眉清目秀，聪明伶俐，都喜欢年轻女孩，都厌恶科举考试，都有一位严厉的父亲，都有一位极为溺爱宝玉的祖母……种种相同的地方，几乎让读者相信两个宝玉其实是同一人。尤其五十六回甄家的人来见到贾宝玉，见两人长得几乎一模一样，都吓了一跳。

宝玉在旁听她们这样说，也觉得奇怪，后来惚惚睡着，梦见自己走进另一座大园子，看到一批像鸳鸯、袭人、平儿般的丫鬟，知道她们也有一个叫宝玉的主人。后来他进入一个像怡红院的地方，看到正忧愁妹妹疾病的宝玉。而那宝玉竟说："我才作了一个梦，竟梦中到了都中一个园子里头，遇见几个姐姐，都叫我臭小厮，不理我。好容易找到他房里头，偏他睡觉，空有皮囊，真性不知哪里去了。"

贾宝玉听了，忙说：原来你就是宝玉！榻上的也忙下来拉住："原来你就是宝玉？这可不是梦里了。"宝玉道："这如何是梦？真而又真了。"一语未了，只见人来说："老爷叫宝玉。"唬得二人皆慌了。一个宝玉就走，一个宝玉忙叫："宝玉快回来，快回来！"

这时，袭人听贾宝玉梦中自唤，忙推醒他。原来贾宝玉睡前对着镜子入眠，梦中看到的全是自己的"镜像"。

在曹雪芹的前八十回中，甄宝玉只在五十六回，清楚"出现"于贾宝玉的梦中。就像《红楼梦》书中经常用不同的手法舞弄"梦"一样，在这里，贾宝玉梦中遇到也入梦的甄宝玉，两人的梦境几乎完全一样。这么明显的表达方式，已经告诉读者：贾宝玉就是甄宝玉，只不过一个表现宝玉心灵的"某一面"，一个表现"另一面"。每人的心灵都有许多面向，有时会有两种完全矛盾的想法，这才会有内心挣扎。

我认为，甄、贾宝玉——应该说宝玉这个人，在小时候完全沉醉在家庭人伦的温柔乡里，他是中国第一个懂得享受人伦之美的男子。盖传统中国男人从一出生，就被灌输生命唯一的目标：读书考试，争取经世致用、治国平天下的机会。小说一开始，宝玉才五六岁，到了五十六回才十三岁，这小孩在大家族里看多了那些争逐功名利禄的势利男人，完全没有为国为民的理念。而在他自己的家族里，不论长辈平辈男人，又都是堕落无品的纨绔子弟，叫他如何瞧得起！生活在龌龊的生态里，宝玉找到一个藏身之处——大观园。

大观园也只是一个象征，那里面住着全都是未出嫁（表示未受社会或者男人势利观念污染）、心灵纯洁的女子。请不要认为宝玉好色，宝玉喜爱人间所有美好的人、事、物，除了美好的女子，他也喜欢心灵干净的男人，而且不分贵贱，高贵的像北静王，地位低贱的像柳湘莲、秦钟、蒋玉菡，他都极为喜欢。贾宝玉也读书，而且非常尊敬儒家经典"四书"等，但他极为瞧不起那些读四书五经只用来求取功名的人。

　　这是十三岁之前宝玉的人生观，这时甄、贾宝玉几乎完全一样。可是，曹雪芹只留下前八十回《红楼梦》，之后宝玉的心灵如果"分裂"成两个面向，我们无法读取。目前只有在脂砚斋十八回批语中看到"《仙缘》，伏甄宝玉送玉"，也就是，在元春省亲看戏时点了四出戏都是伏笔，其中《仙缘》就埋下后来甄宝玉把通灵宝玉送给贾宝玉的伏笔，这应该是象征两个宝玉终于"结合"为一。也就是，两个宝玉的心灵在许多挣扎之后终于统一起来，看破红尘离家出走，被原先的和尚道士带回大荒山了。

　　贾宝玉就是甄宝玉，偏偏要分开来书写，就是前文说的"二而一"手法：被书写的"两人"除了要写出完全相同的特质，更要有双方各不写的空白，让读者来补充。由于甄宝玉就是贾宝玉，那么贾家的历史也就是甄家的历史，小说中两家发生的事情可以互相投射。例如七十五回尤氏说："昨日听见你爷说，看邸报甄家犯了罪，现今抄没家私，调取进京治罪。"《红楼梦》打从小说一开始，贾家就已经从高处往下跌落，而早在七十五回甄家被抄家就明白告诉读者贾家也要被抄家。可惜，曹雪芹只留下八十回，无法看到他如何处理贾家的抄家情形。高鹗续写的一百一十四回写道：

　　门上的进来回道："江南甄老爷到来了。"贾政便问道："甄老爷进京为什么？"那人道："奴才也打听了，说是蒙圣恩起复了。"

曹雪芹预设的结局中贾府被抄家后就完全破落，并没有"蒙圣恩起复"的事，所以甄家也不可能家道再起。

目前我们读到高鹗续写的后四十回，两个宝玉都变化极大，第一百一十五回写甄家太太带他们的宝玉来贾家。高鹗让两位宝玉面对面。两人相见，谈了许多客套话后，贾宝玉就觉得甄宝玉也"近了禄蠹的旧套"，甄宝玉知道贾宝玉疑惑他何以改变旧习，就老实说"弟少时也曾深恶那些旧套陈言，只是一年长似一年，家君致仕在家，懒于酬应，委弟接待。后来见过那些大人先生尽都是显亲扬名的人，便是著书立说，无非言忠言孝，自有一番立德立言的事业，方不枉生在圣明之时，也不致负了父亲师长养育教诲之恩，所以把少时那一派迂想痴情渐渐的淘汰了些。如今尚欲访师觅友，教导愚蒙，幸会世兄，定当有以教我。适才所言，并非虚意"。这话使得贾宝玉愈听愈不耐烦。

甄、贾宝玉在高鹗笔下最后是分道扬镳了。由于高鹗让甄宝玉成为真实的另一位也名叫宝玉的人，所以有两位宝玉：贾宝玉永远维持他少年时的观念，最后离家出走；甄宝玉则"改过迁善"走向仕宦经济之途，在一百一十九回中举，并将娶李绮为妻。至于贾宝玉，虽然最后离家出走，但在走之前，高鹗还是让他先考完举人、放榜后中举并得到皇帝赏识，举家又"沐皇恩贾家延世泽"，又为宝钗留下遗腹子，完成人间的"伦理与功业"，才让其离开尘世。高鹗的写法，违反曹雪芹的原意，但反映了高鹗自己的人生观与价值观。

五　宝钗扑蝶

薛宝钗是《红楼梦》众女子中唯一可以和林黛玉相颉颃的美女兼才女,有些地方甚至高过黛玉。六十三回"寿怡红群芳开夜宴,死金丹独艳理亲丧"时,宝钗掣出的花签上画着一支牡丹,上题"艳冠群芳"四字,又有一句唐诗"任是无情也动人",又注:"在席共贺一杯,此为群芳之冠,随意命人,不拘诗词雅谑,道一则以侑酒。"

这里说宝钗为花中之王牡丹,是"群芳之冠""艳冠群芳",明显高过黛玉。

然而,她们两人无论性格、气质、涵养、品味、人生观、处世态度还是人际关系,几乎全部没有交集。

如果说黛玉是一位生活的艺术家,宝钗就是生活的技术家。黛玉只在意自己生活的感觉,不理会别人的想法;宝钗则是面面俱到,把生活打理得四平八稳,让身边所有人都满意。

两人之所以背道而驰,除了她们先天的性格不同,后天的教养更完全迥异。林黛玉的父母只因宠爱独生女儿,让她随意读书，黛玉之"游于艺"，并没有任何目的，诗书乃成为涵养她性情的重要来源。

宝钗在四十二回跟林黛玉说："我也是个淘气的。从小七八岁上也够个人缠的……先时人口多，姊妹弟兄都在一处，都怕看正经书。弟兄们也有爱诗的，也有爱词的，诸如这些'西厢''琵琶'以及'元人百种'，无所不有。他们是背着我们看，我们却也偷背着他们看。后来大人知道了，打的打，骂的骂，烧的烧，才丢开了。"可见宝钗天生也是淘气爱玩的小女生，只是经历了"打骂"教育就"改邪归正"了。这可证明她容易被调教，或者说很容易被"洗脑"。

宝钗的父祖都是"现领着内帑钱粮，采办杂料"的皇商。在中国，自古重农抑商。即使是再富有的商人，在上层社会也难有一席之地。但宝钗家不同，她父祖不仅是商人，而且是支领国库金钱专为皇宫经营采买的商人，深受皇帝信任，才能担当此任。因为接近皇帝，薛家族人也做官，宝钗的舅舅就是京营节度使王子腾。

富有的薛家，一直努力要拥有"地位"。宝钗出生时，父母可能就赋予她重要的使命——长大后要进宫候选，成为像元春一样的皇妃，甚至皇后。

《红楼梦》第四回，宝钗一出场，就说她是为了参加宫廷"为公主郡主入学陪侍充为才人、赞善之职"甄选才进京。后文没有提及她参选结果，甚至也没说她究竟参选与否。应该是她的参选大事被此行中她哥哥薛蟠无故犯案杀人所累，使她不方便进宫候选。总之，宝钗入宫候选之事不了了之，或者完落空,这件事,违背了她父亲一心一意培养她的目标。薛父早逝,也就没有人继续敦促她进宫之事。

宝钗是一位孝顺的女儿,全盘接受父母的教育。所以,她被调教成思言行为都合乎传统价值观的大家闺秀。甚且,她还拥有一般传统女性少有的正向、乐观与积极的心态。自古以来,诗人骚客面对纷飞的柳絮,总是想到离别伤情。宝钗则不然,她填的《临江仙》说:"白玉堂前春解舞,东风卷得均匀,蜂围蝶阵乱纷纷,几曾随逝水,岂必委芳尘?万缕千丝终不改,任它随聚随分;韶华休笑本无根,好风凭藉力,送我上青云。"

如此开阔的视野,说明她是有志气的女子,宝钗的青云之志,最先是入宫参选。当元春省亲时,她的态度是尊崇而羡慕。

整个贾府,因元春做了妃子,家族得以蒙受皇恩,胡作非为也不会崩塌。贾府分明利用元春来苟延残喘。同样,宝钗父亲训练女儿走宫廷路线,也是自私的行为吧?元春省亲时,读者看到元春抱着家人哭泣,说在宫中是"见不得人的地方",宝钗却只看到高高在上、穿戴黄袍的皇妃,艳羡不已。

在重利轻义的商人世家中成长,宝钗难免会濡染计较现实利害的习气。总之,在培养入宫的过程中,宝钗压抑感性,让理智成长,她去除个人好恶,接受社会价值,慢慢地失去了她先天的纯真浪漫、调皮可爱;终究,她许多人格特质,都经过人为而形塑出来。

宝钗入住贾府时是"品格端方,行为豁达,随分从时",

读者看到她待人处世是多么圆融：因元春省亲，要为匾额题诗，宝钗写的《凝晖钟瑞匾额诗》饱含颂圣意味；她见宝玉写"绿玉春犹卷"，便告诉他元妃不喜"红香绿玉"，要他把"绿玉"改为"绿腊"。当大伙看戏时，只要有贾母在，她一定点热闹的戏码，让老人家开心。

甚至对待平辈，她也体贴关怀，例如帮史湘云设东道、为邢岫烟赎棉衣，都是体贴善心的举动。即使对待人人厌恶的赵姨娘，送礼时也必然有她一份，赵姨娘几乎感激涕零地说："怨不得别人都说那宝丫头好，会做人，很大方，如今看起来果然不错。他哥哥能带了多少东西来，他挨门儿送到，并不遗漏一处，也不露出谁薄谁厚，连我们这样没时运的，他都想到了。若是那林丫头，他把我们娘儿们正眼也不瞧，那里还肯送我们东西？"宝钗做人之面面俱到，已是一种习惯。

宝钗还是一位能力高明的女孩。五十六回"敏探春兴利除宿弊，时宝钗小惠全大体"从回目就可以看出赞美两位不让须眉的女孩：当时探春暂时代理荣国府事务，宝钗在旁充分协助，显示她们不平凡的治家能力。

然而，宝钗"从胎里带来的一股热毒"，使她必须服用特制的"冷香丸"来治疗。这里，流露了曹雪芹的微言大义。

一个完美的人物，却是先天从胎里带来一股热毒，这表示她先天本性不但"热"，而且"毒"。在她的人生修养里，她得用"冷香丸"来克服这两个问题。

"冷香丸"三个字完全涵盖宝钗的修炼成果。首先，她的姓"薛"，谐音"雪"，是又白又冷的东西。白，宝钗长得又白净又美丽,二十八回宝玉恰好看见她"雪白一段酥臂"。但"白",也同时暗喻她生命的苍白枯燥;宝钗穿戴的衣服饰品,都过于朴素,和皇商小姐的身份实在不相称,因为她"从来不爱这些花儿粉儿的"。至于她居住的蘅芜苑,竟"像雪洞一般"过分素净,贾母大大不以为然。《红楼梦》里,每人居住的环境、装潢、服饰,都象征主人的性格,这是不用多说的。

至于"香",代表宝钗在红楼群芳中居于花中之王的美艳地位,不论她多么冷,却"任是无情也动人"。

一粒冷香丸,不论需要的药材、选择的时辰、配合的细节……在在极为费事。这粒丸子,十足象征宝钗依照父母社会烦琐的要求,无微不至地雕塑自我,虽然精致,却是过分人工化,已是凿痕累累。

读者看到的宝钗是冷静理智,甚至冷漠。在金钏儿投井事情中,她去看宝玉的母亲王夫人,后者已经把投井谎编一通,而宝钗也顺水推舟说:"姨娘是慈善人,固然这么想。据我看来,他并不是赌气投井。多半他下去住着,或是在井跟前憨玩,失了脚掉下去的。……岂有这样大气的理!纵然有这样大气,也不过是个糊涂人,也不为可惜。"她如此编派金钏也罢,竟然又说:"不过多赏他几两银子发送他,也就尽了主仆之情了。"一条人命竟然这么不值。许多读者责备宝钗冷酷无情。其实,这固然是她奉承王夫人的交际手法,也是她接纳主仆间地位是天壤有别的阶级观念。所以,死了金钏儿一条人命,宝玉是"五内摧伤",宝钗则可以视如草芥,这似乎不能光怪罪她的无情吧。

小说六十六回，柳湘莲一时听信传言，要跟尤三姐退婚，后者愤而自杀，湘莲大恸大悔，失去踪迹。这事让薛姨妈叹息不已，混流氓的薛蟠也伤心得狠哭一场，还四处寻找。反而是宝钗听了并不在意，在六十七回中说道："俗语说的好，'天有不测风云，人有旦夕祸福'。这也是他们前生命定。前日妈妈为他救了哥哥，商量着替他料理，如今已经死的死了，走的走了，依我说，也只好由他罢了。妈妈也不必为他们伤感了。"许多读者也责难宝钗对他人性命"冷漠"到"冷酷"的地步。

事实上，宝钗并非冷酷，在传统礼教下，她学会的是：事不关己，漠不关心。

她把生命中最温暖的爱给了父母，小说中可以看到她非常孝顺母亲。五伦之中的人物，宝钗都会真心爱惜且善尽其责。曹雪芹认为人类天生有情，亲情不用说，爱情也是与生俱来。宝钗的爱情种子在她十四岁之前的教养中，已经被砍得童山濯濯。宝钗是传统礼教调养出来最典型的大家闺秀，完全接受父母之命媒妁之言，不论结婚对像是贾宝玉还是别的男人。

宝钗如果曾经对贾宝玉有过"遐想"，那也只因为金玉良缘之说，使她联想宝玉可能是她未来的夫婿。但她不一定要嫁给贾宝玉，她可以嫁给任何门当户对的男子，这个决定权不在她。

在古代，家长安排子女婚姻是天经地义，为什么分配宝钗给宝玉成婚，当然是由许多传统价值观形成。例如宝玉身上的通灵宝玉和宝钗身上的金锁正是社会上肯定婚配的"金玉良缘"，以及二者背后所附带的社会地位和财势。在那个时代，把宝玉宝钗"送做堆"是很自然的事。

宝钗是一位贤惠的女子，不论嫁给任何男人，她都会善尽妻子的所有责任，扮演一位完美的贤妻良母。她真是非常"实用又好用"的美丽女人。

完全按照传统妇道来训练自己，使得宝钗的言行举止总是温婉内敛。然而，平时的"罕言寡语，安分随时"并不表示她没有精明的头脑、灵巧的心机甚至恶言相向的发怒时候。

最明显的是二十七回"宝钗扑蝶"，她走在路上，"蓦见前面一双玉色蝴蝶，大如团扇，一上一下迎风翩跹，十分有趣。宝钗意欲扑了来玩耍，遂向袖中取出扇子来，向草地下来扑"。许多读者很赞赏此段描写，笔者却认为曹公此段并不很合乎宝钗的"修养"。这位一举手一投足都合乎传统妇德妇行的大家闺秀，照理不会在路上扑追蝴蝶。雪芹竟然这样写，想来特别有意——让她误闯别人的隐私空间。她为了追蝴蝶不小心在滴翠亭听到小红与坠儿的密谈，躲闪不及的情况下，使用金蝉脱壳法，轻而易举把偷听之祸嫁到黛玉身上。

在这里，宝钗单凭耳朵，就听出是婢女小红，并立刻想道："他素昔眼空心大，是个头等刁钻古怪东西。"

小红是宝玉房中一位想力争上游而不能的小丫头，宝玉见到她时，还认不得，宝钗是怡红院外的千金小姐，竟然对宝玉房中默默无名的小丫头如此熟悉，可见她平时对贾府上下人物都用心观察。雪芹描写她这种心态，非常耐人寻味。

宝钗平时表现得磊落大方，可是，一旦有人"损害"到她，她也会尖锐相向的。

三十回，宝玉不小心把她比作杨贵妃，宝钗立刻借丫鬟靓儿讨扇子，大骂靓儿："你要仔细！我和你玩过，你再疑我。和你素日嘻皮笑脸的那些姑娘们跟前，你该问他们去。"句句话都指桑骂槐地骂在宝玉身上，让宝玉浑身不自在。

紧接着，宝钗又因为黛玉在旁幸灾乐祸而用"负荆请罪"戏码来讥讽宝玉黛玉两人吵架、宝玉"负荆请罪"又和好的事，把宝黛两人弄得满脸羞红。由于他们用典故讥讽，王熙凤没读过书，听不懂确切内容，聪明机伶的她"见他三人形景，便知其意"，笑着问说："你们大暑天，谁还吃生姜呢？"众人不解其意，说没吃生姜。熙凤故意用手摸着腮，诧异道："既没人吃姜，怎么这么辣辣的？"这话使得宝玉黛玉两人"越发不好过了"。这真是一场精彩的戏码，宝钗在公开场合成功羞辱宝玉黛玉。读者也可以看出，宝钗的辛辣凶悍不仅超过黛玉，连王熙凤都要礼让三分呢！

以上所谈宝钗的思言行为，笔者并不认为是宝钗品德不好、行径恶劣；应该说：宝钗气愤时，忘了平日的修养，不小心真情流露。人人都有喜怒哀乐，宝钗把它全部打包起来，压在心底，显露出来的只是如一架机器般的规矩行动。宝钗是人，就有人的喜怒哀乐。她生气，终于发出来，而且机智地发在一个安全人物身上——宝玉正是人人都可以欺负谩骂的人啊！

至于宝钗扑蝶嫁祸黛玉，并非宝钗预谋伤害黛玉，只是情急之下，自保的行为。人类本来就自私，优先照顾自己。这件事，表现宝钗临危不乱的机智，聪明地嫁祸在一个安全人物——黛玉——身上，没有人敢找黛玉来对证。

宝钗的价值观是富贵，她努力并希望"好风凭藉力，送我上青云"；退一步，结婚的对象是走上经济仕途的达官贵人。宝玉压根儿不是宝钗的理想夫婿。但是，最后她还是很委屈地嫁给宝玉。高鹗在九十七回写道：王熙凤设掉包计，让宝玉和宝钗结婚。薛姨妈回家把计划细细告诉宝钗，还说："我已经应承了。""宝钗始则低头不语，后来便自垂泪。"薛姨妈看出宝钗心里不愿意，但"虽是这样，他是女儿家，素来也孝顺守礼的人，知我应了，他也没得说的"。不要说，这时候的贾家已经一片萧条，宝玉还在半白痴状态，宝钗是大家闺秀、千金小姐，竟然要冒黛玉之名跟宝玉进行婚礼，叫她情何以堪？

然而，所有设计的人，包括宝钗的母亲，都吃定了她是孝顺听话的，让她背负着骂名去结婚。

婚后的宝钗，仍然努力做一位贤妻良母，艰难地持家，高鹗赏给她一个取名贾桂的儿子。宝玉最终出家为僧，留下守寡的宝钗，扶养儿子。

曹雪芹对宝钗是有微辞的，六十三回宝钗抽花签有"任是无情也动人"，这是以一句带出全诗的笔法，诗句来自晚唐罗隐[1]《牡丹花》：

似共东风别有因，绛罗高卷不胜春。若教解语应倾国，任

---

[1] 罗隐，字昭谏，自号江东生（833—909年），晚唐诗人。本名横，因应进士试十次不第，便改名为隐。有诗集《甲乙集》传世。

是无情亦动人。芍药与君为近侍，芙蓉何处避芳尘？可怜韩令功成后，辜负秾华过此身。

《牡丹花》本来就是罗隐用来自伤不遇的诗，雪芹借来讲宝钗人生的"不遇"。宝钗原来以牡丹花王的条件，是想要入宫待选的，竟然随着东风飘零（不胜春），实在有难以言说的隐情（别有因），如果她有机会（入宫）说话，必然是倾国倾城。老实说，像芍药花只配当她的侍者，芙蓉花哪敢和她抢锋头？可怜的是，她最后虽然嫁给像韩弘那样的人，却是过着虚度青春的一生。

六十三回，黛玉抽到芙蓉花，签上有欧阳修[1]《明妃曲》"红颜胜人多薄命，莫怨东风当自嗟"的后句，隐藏了黛玉"红颜胜人"前句之意。再参看罗隐此诗，就知暗示黛玉不是宝钗的对手。

曹雪芹最后，并没有让宝钗生子。第五回，宝钗和黛玉两人的判词放在一起："可叹停机德，堪怜咏絮才。玉带林中挂，金簪雪里埋。"宝钗修练得如孟母（停机）般的美德，可惜出身美丽富贵的她（用金簪借代）却被埋葬在苍白凄冷、枯寒如雪的日子里。这才是她的结局。

---

[1] 欧阳修，字永叔，号醉翁、六一居士，谥文忠（1007—1072年）。北宋吉州庐陵（今属江西省永丰县）人，北宋儒学家、作家、官员，为"唐宋八大家"之一。

六 麝月掣签

麝月是宝玉贴身四大丫鬟之一，出场的机会不多，然而做人做事的能耐不在袭人之下。她在小说中更是贯穿全书，成为有一条重要结构线的人物。

麝月在二十回正式出场，当时袭人生病，宝玉陪贾母饭罢回来，只见麝月一人看家。宝玉问她怎么不同其他仆人一道去玩，麝月说大家忙了一天，让他们玩的玩、休息的休息去。她的贤惠引起宝玉的赞叹，陪着她，替她篦头，主仆倒了过来，这当然是宝玉对待女子一贯的平等态度与疼爱心思。这一段小小故事还被刁嘴的晴雯撞见，嘲讽了一阵。

这段看似不甚重要的枝节，表现麝月不张扬的贤惠。即使这样，读者还是容易忽略她的地位。因为在前八十回描写袭人的笔墨非常多，写麝月相对实在太少。幸好脂砚斋在此有一段批语：

闲上一段女儿口舌，却写麝月一人，袭人出嫁之后，宝玉宝钗身边还有一人，虽不及袭人周到，亦可免微小敝等患，方不负宝钗之为人也。故袭人出嫁后云"好歹留着麝月"一语，宝玉便依从此话。

　　脂砚斋告诉读者：麝月是最后照顾宝玉宝钗的婢女。
　　麝月在二十回上场这么一下子，直到六十三回再度出场，这里大伙抽花签，被描写的人不多，却有"麝月掣签"。
　　读者都知道，每位抽到花签的人，那花就象征她的风格或者命运与地位。当"麝月便掣了一根出来，大家看时，这上面一枝荼蘼花，题着'韶华胜极'四字，那边写着一句旧诗，道是：开到荼蘼花事了。注云：'在席各饮三杯送春。'麝月问怎么讲，宝玉愁眉，忙将签藏了说：'咱们且喝酒。'说着，大家吃了三口，以充三杯之数"。
　　荼蘼花，属于蔷薇科落叶灌木，色香俱美，无比华艳，通常在春季结束时才开花，所以历代诗人都把荼蘼看作送春之花，在这里，用来表示麝月是整个如春天般的红楼大梦将结束时，最后开出的美丽花朵。
　　"韶华"指青春年华，"韶华胜极"表示此时此刻，正是书中所有女子以及宝玉青春正盛、年华芳菲之时，也是宝玉家里兴隆之日。到此为止，都是好消息。但接着签上引用"开到荼蘼花事了"诗句，出自宋代王淇《春暮游小园》："一从梅

1　王淇，字君玉。华阳（今四川省）人，宋朝嘉祐年间人。进士及第，曾任江都主簿、礼部侍郎。在《全宋词》中收录王淇的十一首词。

粉褪残妆，涂抹新红上海棠。开到荼䕷花事了，丝丝天棘出莓墙。"正是指荼䕷花一开，就是"三春过后诸芳尽"，花事已经结束，不但暗示"花袭人的事已了，要走人了"，更暗示良辰美景即将结束、贾府盛况不再。接着"丝丝天棘出莓墙"，崩毁的院墙任由莓苔天棘攀爬。花签要所有的人都喝三杯来"送春"，宝玉觉得这个签很不吉利，所以把签藏起来不让大家看。

苏东坡《酴醾花菩萨泉》诗有"酴醾不争春，寂寞开最晚"句，荼䕷不只是送春之花，也是和顺"不争"的花，正是麝月性格的象征。

配合脂砚斋的批语，当贾府败亡时，众人风流云散，只剩下麝月一人侍候宝玉夫妻。佛教中说荼䕷是来生的花，似乎也预示宝玉最后大彻大悟，出家为僧。

前八十回里的麝月平时没有声音，其实是大智若愚。她的智慧才干，其实在五十二回至五十九回的琐事上发挥无遗。

五十二回，平儿悄悄告诉麝月，怡红院的坠儿偷了她的虾须镯，特别叮咛"晴雯那蹄子是块爆炭"，不要让她知道。平儿信任麝月的为人才会告诉她，要她留心。没想到还是让有洁癖的晴雯知道了，立即将坠儿又打又骂地赶了出去。之后，坠儿的妈赶来兴师问罪，晴雯急得话说得毫无章法，还是靠麝月出面，她先用"老太太"和"恐怕难养活"的宝玉压制对方，接着用他们"赖奶奶林大娘也得担待三分"的地位来压住对方，最后指出坠儿不懂规矩云云，话说得处处有理、句句铿锵，对方无言以对、默然而退。平时寡言少语的麝月，展现了她深藏不露的理性辩才。

五十八回，芳官的干娘打芳官，袭人没法对付，跟麝月说："我不会和人拌嘴，晴雯性太急，你快过去震吓他两句。"麝月临危受命，一番言语立刻把那婆子训得羞愧难当，一言不发。

紧接着，五十九回，春燕的妈也是胡闹，也是靠麝月对付她，弄得老婆子反过来求饶。

麝月干净利落地处理几件婆婆妈妈的杂事，显示她的才能，正是一个伏笔，当日后宝玉一穷二白时，她仍然有情有义、不离不弃。

麝月不像晴雯那么自我任性，不像袭人那么主动服侍，她有能力有操守，她宽大为怀，照顾别人，却从不争强，从不张扬。在曹雪芹的前八十回，她几乎是个隐形人。幸好有脂砚斋的批语跟花签，我们才知她是宝玉身边尽心服侍，最能"从一而终"的仆人。

七　晴雯撕扇

晴雯是现存《红楼梦》版本里描写最完整的人物,更重要的是,她的一生,从进入贾府到去世,都在曹雪芹笔下完成。

晴雯只不过是宝玉身边四大丫鬟之一,书中描写她的文字,也不如其他次要人物如平儿、袭人等。可是,只要晴雯一出现,就光彩逼人。不论你喜欢不喜欢她,没有一位读者能忽视晴雯的存在。

小说第五回,列入"十二钗"等册子中的都非等闲之人。属于"又副册"——也就是仆人阶级的只有两位:晴雯和袭人。晴雯排在袭人之前。实际上,在所有的正册、副册、又副册中,宝玉第一个抽出来的就是晴雯——我们不能不认为这是曹雪芹有意的安排。晴雯的判词是:"霁月难逢,彩云易散。心比天高,身为下贱。风流灵巧招人怨。寿夭多因毁谤生,多情公子空牵念。"从头到尾全是高度褒扬之语,位居所有判词之冠。

晴雯"身为下贱",她原是仆人的仆人:"这晴雯当日系赖大家用银子买的,那时晴雯才得十岁,尚未留头。因常跟赖嬷嬷进来,贾母见他生得伶俐标致,十分喜爱。故此赖嬷嬷就孝敬了贾母使唤,后来所以到了宝玉房里。"

雨过天晴叫"霁",被雨洗过的天空,再度晴朗,必然干净亮丽,之后出现的月亮是多么光洁清净!这种机会是多么难得!所以,我们称美品格光明磊落的人为"光风霁月"。

云成彩叫"雯",曹雪芹用"霁月""彩云"合成晴雯的名字,这两字同时也暗示"情文"。纹、文相通,美丽的花纹之意。"情文"就是情中之文,性情极为美丽高贵。

"难逢""易散"表示晴雯这种人极为可贵,乃是千载难逢,但又如美丽的彩云容易被风吹散消失(暗示她早逝)。这里同时借用白居易《简简吟》中的"大都好物不坚牢,彩云易散琉璃脆",不仅用后半句,也暗用前半句说晴雯是"好物""好人"。

晴雯的个性是"心比天高,风流灵巧",凡是读了小说中晴雯故事的读者,必定肯定这八个字用来形容晴雯再恰当不过。这么可爱的女子,竟然在十六岁时,被逸言毁谤而早逝。那疼爱她的多情公子贾宝玉,在痛彻肺腑、无限牵挂下写出长篇悼念她的血泪杰作《芙蓉女儿诔》。

《红楼梦》里,极擅含蓄高蹈笔法的曹雪芹,对于晴雯,可以说,曹老实在忍不住地疼爱她。小说里,从来没有一位人物受到作者如此明显且一再地"褒扬"。

晴雯不仅在所有丫鬟中长得最漂亮,也最聪明伶俐,她率性任情、刚烈急躁、胸无城府,又爱恨分明、嫉恶如仇,心直口快、从不遮拦，有时不免尖刻。她死后，宝玉对着袭人哀叹她如同"一盆才抽出嫩箭来的兰花"最为精准，晴雯的尖锐只是刚长出嫩芽的兰花叶，不但美丽，且根本没有杀伤力。

在传统社会的礼教里，晴雯是不合格的女性，更何况她只是一名地位低下的丫鬟。即使在现代社会，她的不够温和、不肯放低姿态、不懂人际关系，甚至时不时出口尖酸刻薄，相信也有很多人招惹不起会敬而远之。但是，我们非常肯定雪芹极为钟爱晴雯，想来是她全身都是与生俱来、完全未被污染的原始性情，这就是天然；作为读者的笔者，也极欣赏雪芹创造出的活脱脱、耳目一新的晴雯形象。

晴雯第一次正式出场在第八回：她爬上高梯为宝玉贴字，等了一天，宝玉从梨香院饮酒归来，她一见面就嗔怪宝玉，完全没有婢女对主人应有的态度，宝玉也完全没有主人的样子，就像对待亲人一般。

再看五十一回，袭人不在，调皮的晴雯在雪夜里要捉弄麝月，宝玉怕她冻着，故意叫晴雯做事："你来把我的这边被掖一掖。"晴雯便伸手进去渥一渥时，宝玉笑道："好冷手！我说看冻着。"一面又见晴雯两腮如胭脂一般，用手摸了一摸，也觉冰冷。宝玉道："快进被来渥渥罢。"落后麝月进来笑道："晴雯出去我怎么不见？一定是要唬我去了。"宝玉笑道："这不是他，在这里渥呢！我若不叫的快，可是倒唬一跳。"晴雯笑道："也不用我唬去，这小蹄子已经自怪自惊的了。"一面说，一面仍回自己被中去了。

宝玉渥着晴雯的手为她取暖，双方都自然自在。晴雯后来竟还钻进宝玉的被窝取暖,麝月见了完全不以为怪,这告诉读者怡红院中大伙相处是如此的热络。晴雯宝玉之间是如此的平等而亲密,像朋友又像家人。

在许多世代的读者读来,他们的精神如此天真浪漫,他们的肢体如此亲近狎昵,要说两人从未有过男女之想,相当难以置信。日后,曹雪芹自会证明给读者看。

第二十回,宝玉为独守怡红院的麝月篦头,没想到晴雯忽地撞进来见了,嘴里立刻吐出酸溜溜的话,宝玉、麝月一笑置之,全不在意。再次说明怡红院里,宝玉跟这些女仆们像在伊甸园般,大伙率性而为,自由自在。

只有在怡红院的伊甸园里,晴雯的个性得以大肆发挥;她性子火躁,眼里又容不下一粒沙。当她发现坠儿偷了平儿的手镯,宝玉、袭人都不在,她却立刻要把坠儿赶出怡红院。她自己洁身自爱也就罢了,还看不惯别人夤缘攀附。秋纹因得到王夫人的赏赐而沾沾自喜时,她很不屑地冷嘲热讽一番。当她看见小红积极给王熙凤办事,想往上爬时,晴雯就讽刺挖苦她。小红虽然是个三等丫头,却是管家林之孝的女儿。脂砚斋在此批语说:"管家之女,而晴卿辈挤之,招祸之媒也。"晴雯心直口快,袭人说她"说话夹枪带棒",没错,晴雯无意间上上下下得罪不少人。

晴雯得罪的最大敌人是袭人。两人个性完全相反,袭人行事稳重、做人周到,不轻易得罪人;反之,被得罪了也不轻易表态。她们之间明显的一次冲突是三十一回,原是晴雯服侍宝玉换衣服时不慎摔折扇股,当时宝玉心情不好便说她几句,晴雯反而长篇大论反驳回去。袭人发现了赶来解劝,话里说:"好妹妹,你出去逛逛,原是我们的不是。"晴雯抓住袭人语言破绽,反讽道:"我倒不知道你们是谁,别教我替你们害臊了!便是你们鬼鬼祟祟干的那事儿,也瞒不过我去,那里就称起'我们'来了。明公正道,连个姑娘还没挣上去呢,也不过和我似的,那里就称上'我们'了!"晴雯不但明指袭人和宝玉初试云雨之事,也把袭人自认是日后宝玉之妾的潜意识说出来,所以"袭人羞的脸紫胀起来",晴雯只为一时出口爽快,却不知道这个罪,得的可大了。

这一次,也同时是宝玉和晴雯之间最剧烈的一次争吵。宝玉接着出去应酬,晚间回来,已带了几分酒意,踉跄回至怡红院内,只见乘凉榻上有个人睡着。宝玉当是袭人,原来却是晴雯。宝玉笑道:"你的性子愈发惯娇了。早起就是跌了扇子……"这场争执,主动和解的人是宝玉,表现了宝玉高贵的品质,他生那么大的气,一顿饭工夫就全消了。这场完全平等关系的吵架,和解时,不但不分主仆,甚至是宝玉低声下气地劝导晴雯一场"爱物说"。惹得晴雯开心任性地撕起扇子,宝玉焚琴煮鹤为晴雯千金买一笑。许多读者在此欣赏晴雯别具一格的真性真情,笔者则特别敬爱宝玉爱才惜才的胸襟。

没读过书的晴雯,却聪明灵巧有才华,这是只要听她言语动作就知道的。最先赏识她的是贾母,那时晴雯才十岁,如果晴雯一直待在贾母身边,她绝对不会做出撕扇之事;也就是,她是在宝玉的宠溺之下,才把任性发挥到极致,才有诸如此类过分率性的行为。

至于晴雯病中补裘，也是《红楼梦》中一"景"。故事暗示了晴雯平时是"潜龙勿用"，一旦施展出来即非同小可。贾母送给宝玉一件产自俄罗斯的孔雀毛披衣，不料宝玉刚披上就烧了一个洞。第二天贾母嘱咐要穿去见她。宝玉心急火燎，让人偷偷拿出去缝补，满城能工巧匠没一人认得此物，不敢修补。此时晴雯，正病得凶，看到这情景，勉强挣扎起来细看烧破地方并想出修补办法。于是带病连夜为宝玉补好衣服。晴雯补裘，呈现她可贵的性情，平时人人抢着逞能的事情，她不屑做，遇到无人能做时，她就不顾生死，拼命赶工。

有学者甚至认为，晴雯勇补雀金裘，不只表现晴雯女红精巧，也表示她对宝玉的情意，甚至还暗示这个华丽大家族的外表，已经破了一个洞，能缝补这个洞的人必须像晴雯这样具有勇敢的人格力量，但是一个小小晴雯也只能缝补一时一洞，当破洞成为千疮百孔时，就无药可救了。

晴雯补裘时，袭人恰好热孝返家，回来后袭人笑道："倘或那孔雀褂子再烧个窟窿，你去了谁可会补呢。你倒别和我拿三撇四的，我烦你做个什么，把你懒的横针不拈，竖线不动。一般也不是我的私活烦你，横竖都是他的，你就都不肯做。怎么我去了几天，你病的七死八活，一夜连命也不顾给他做了出来，这又是什么原故？你到底说话，别只佯憨，和我笑，也当不了什么。"一股酸溜溜的醋意从袭人口中冒出，可见她也不是省油的灯。

从七十四回到七十七回，写晴雯之死。

当王善保家的来抄检大观园时，大家都乖乖听命，只有晴雯：挽着头发闯进来，豁一声将箱子掀开，两手捉着底子，朝天往地下尽情一倒，将所有之物尽都倒出。这就是刚烈的晴雯！让人为她的性情感动又疼惜。掀箱、倒箱，所要付出的代价是难以想象的。刚烈的晴雯宁死不受屈辱。这本来是孟子所说的浩然之气，曹雪芹把它投射到没有读过圣贤书的晴雯身上，证明有些人天生具有宝贵的品格。

七十七回是王夫人有备而来，亲自到怡红院赶走晴雯、四儿、芳官及所有唱戏的女子。

王夫人以晴雯勾引宝玉名义撵走晴雯，这时候，她大可以把袭人和宝玉早有云雨之事抖出来以自保，但是她没有。这完全表现一个人心灵层次的高度。

宝玉不愧是晴雯知己，知道病中晴雯这一走，必死无疑，乃不顾一切偷偷跑去看她。"晴雯之死"，写得精彩绝伦！

病危的晴雯惊见宝玉，首先要宝玉倒茶给她喝，"只见晴雯如得了甘露一般，一气都灌下去了"。这动作正呼应宝玉原型神瑛侍者以甘露水灌溉绛珠仙草，宝玉来此，对临死的晴雯就是最后一次"灌溉"。

晴雯平时虽然心直口快，但是天真浪漫，既没有追求做宝玉之妾的观念，也不懂男女之爱的情愫。这次被指控勾引宝玉，才"发觉"自己是"女儿"之身（过去和宝玉相处完全没有想到这种身份），在面临死亡之际，心中浮现她生命中最珍贵不舍的情怀。

这位自幼就被卖作仆人的孤儿，不曾接受人间的温暖。到了怡红院，只有宝玉疼爱她。当她面对永诀的死亡，必须把心底的话向知音吐露，这时只能化被动为主动，例如讨喝茶水，又说："我死也不甘心：我虽生的比别人略好些，并没有私情勾引你，怎么一口死咬定了我是狐狸精！"

《红楼梦》里描写宝玉跟女孩间的动作时常很亲昵，跟晴雯尤其热络。三十一回宝玉要晴雯跟他一起洗澡（其实是要她服侍宝玉洗澡），读者很容易误会宝玉跟晴雯的关系；换另一个角度看，晴雯如果有男女之想，要"勾引"宝玉上床，机会实在太多了。

在人生最后一次仅仅他们两人的会面，从未想过和宝玉有私情的晴雯，在面临死亡时，才猛然浮现心中的爱。而且，也意识到再也没有机会了……在人世的最后一次会面，晴雯成为一名真正的女性，主动扮演情人般的角色，说："早知如此，我当日——"晴雯说了一半便停顿。她说出前半，因为自己快死了，不讲出来就永没机会，不得不说；但她毕竟是个单纯的小女孩，后半露骨的话仍然说不出口。另一方面，说一半就噎住，也表现病危晴雯的体力不支。总之，就写作技巧而言，此处深入晴雯复杂的内心世界，真是丝丝入扣。

这一场，还有晴雯的动作：她抽出手，搁在口边，狠命一咬，把指甲给宝玉，又脱下贴身小袄给宝玉。这些都是她在死别时，主动把自己的遗物留给宝玉，动作中仍然是晴雯性格中"勇猛"的一面。市面有许多依据程甲本的《红楼梦》，写晴雯用剪刀剪下指甲的动作未免过于"斯文"，且晴雯的语言也言多而意直，不如上引文之言少而刚烈。

作为黛玉的"影子"，晴雯也是"质本洁来还洁去"，晴雯之死，正合太虚幻境中秦可卿说的"未发之情"，在含苞时就遭到外力扼杀而萎谢，宁不令人浩叹！

晴雯死后，宝玉伤恸不已，听小丫头说晴雯已经化作芙蓉花神，便作了《芙蓉女儿诔》来悼念。这篇诔文是《红楼梦》全部诗文辞赋中最长又最有才情的作品。曹雪芹用最优美高尚的语言，书写、赞美晴雯的性情与品质，把两人的亲密关系，再次明白书写："玉得于衾枕栉沐之间，栖息宴游之夕，亲昵狎亵，相与共处者，仅五年八月有畸。"在不到六年的时光中，两人是"亲昵狎亵"地相处——不清楚的读者，又要误会他们有性关系了——在这篇文字里，宝玉第一次对那些陷害者（包括他的母亲）也有痛心的针砭。这篇诔文明写晴雯，暗中又影射那抽得"芙蓉花签"的黛玉结局！

第七十七回回目的上联是"俏丫鬟抱屈夭风流"，作者用"屈"字为晴雯打抱不平。不错，晴雯冤屈而死，但晴雯的形象在曹雪芹笔下多么光彩耀目啊！

光是一篇《芙蓉女儿诔》，雪芹用"女儿曩生之昔，其为质则金玉不足喻其贵，其为性则冰雪不足喻其洁，其为神则星日不足喻其精，其为貌则花月不足喻其色。姊妹悉慕缱婘，妪媪咸仰惠德"这样的文字形容一位女性，可谓推崇备至。

这样的女子，竟是"高标见嫉，闺闱恨比长沙；贞烈遭危，巾帼惨于雁塞"，这里用"见嫉""遭危"等句，不但深恨王善保家，甚至对王夫人也出现微言。《芙蓉女儿诔》是催人泪下的痛逝悼文。相信每一位《红楼梦》的读者，都会忍不住地欣赏晴雯、敬佩晴雯、疼惜晴雯。《红楼梦》里薄命的晴雯，成为小说写作最成功完满的人物。晴雯的形象在她死了以后，加之以《芙蓉女儿诔》，可以说达到完美之至。

袭人、晴雯同时都是从贾母手上指派给宝玉为婢，当宝玉要求袭人初试云雨时，"袭人素知贾母已将自己与了宝玉的，今便如此，亦不为越礼"，同理，当初贾母把晴雯给宝玉，应该也是同样的意思。此所以一开始，晴雯就是袭人眼中的对手。

晴雯太早去侍候宝玉，她还来不及长大就被宝玉溺爱，以至于她可以任性撕扇，也终究撕毁了她才刚刚透出嫩箭般的兰花性命。

八　袭人城府

花袭人是宝玉身边四大丫鬟的头头,第三回就正式出场。在所有丫鬟中,她的戏份最多,甚至超过贾母、熙凤的贴身婢女鸳鸯及平儿两人,她也是贯穿全书首尾的重要人物之一。

袭人原是贾母之婢,本名珍珠。贾母因宠爱宝玉,生恐其他婢女无竭力尽忠之人,素喜袭人心地纯良,克尽职任,遂与了宝玉。

贾母看人无有不准的,袭人的特色是"心地纯良,克尽职任",在一个复杂的大家族中当婢女,袭人从来不惹事生非,反而遇事总是息事宁人,她是人人公认的好人。

因她姓花,宝玉根据陆游《村居书喜》诗句"花气袭人知骤暖",把她俗气的名字改为袭人。《红楼梦》时常借用古人诗句,有各种各样的"用途",大抵都隐藏着曹雪芹的弦外之

---

[1] 陆游,字务观,号放翁(1125—1210年),越州山阴(今浙江)人,南宋诗人、词人。与尤袤、杨万里、范成大并称"南宋四大诗人"。

音。有时引用时故意更改一字，像这里把陆游诗句中"骤"字改为"昼"字。陆游诗的原来意思就被抛弃，在这里产生新的意义。

首先是，袭人并非父母世代在贾府为佣，她是来自以珍珠为极品的市俗社会，到了贾府仍然带着她原初潜意识的价值观。袭人"服侍贾母时，心中眼中只有一个贾母，如今服侍宝玉，心中眼中又只有一个宝玉"。这是袭人的世故，她的作为，让豪门大院里的人认为她只有窄窄的视界：只看见她服侍的人，这才是主人认可的忠仆。

陆游写的诗，代表出自有文化的高尚世界，用陆游诗句形容她，是修饰更是嘲讽她市俗的气质，同时也暗示她追求更上层楼的志气。而这中间，她是会侵"袭"别"人"的"花"，明明是一朵带刺的花，却"知昼暖"，识时务、知分寸、懂时机，不会轻易泄露她"袭人"的能耐。

袭人幼时家贫，被父母卖给贾府当丫头。以她的地位出身，能爬上生命的最高位置是成为豪门的姨娘——那就能争荣夸耀、不枉此生了。她拥有这个志愿，实在无可厚非。

第五回袭人的判词是："枉自温柔和顺，空云似桂如兰；堪羡优伶有福，谁知公子无缘。"

判词背后，袭人的画是：一簇鲜花，一床破席。

判词里表面赞美袭人"温柔和顺，似桂如兰"，但"枉自""空云"四字一翻，变成嘲讽。袭人待人温柔和顺，博得大家好感，最后只是白花力气。说她"似桂如兰"，除了暗合其姓，同时也指她是花中最幽香可贵者。但"空云"二字一下就翻转成为否定了。

曹雪芹在这里埋下袭人结局的伏笔，她最后并没有做宝玉的妾，而是在宝玉家破人亡时，嫁给宝玉的优伶好友蒋玉菡。这里用堪羡——值得羡慕——二字，讽刺她投奔他人，没想到怡红公子无福消受她这么好的女子。判词中"枉自、空云、堪羡、谁知"等字全部充满强烈的贬意。

袭人的画是"一簇鲜花，一床破席"。字形"花"与字音"席"加起来读就是"花袭人破"的意思。这里用她表面循循遵守的礼教来丈量她，既然先破身和宝玉云雨，就该一女不事二夫，何以日后在宝玉落难时另嫁他人，成为一枝破烂之花？

这层意思在六十三回大伙抽花签时，再出现一次。袭人取到一枝桃花，题着"武陵别景"四字，上面写道"桃红又是一年春"。这句诗出自宋代诗人谢枋得的《庆全庵桃花》："寻得桃源好避秦，桃红又见一年春。花飞莫遣随流水，怕有渔郎来问津。"

谢枋得是南宋爱国诗人，亲自领军抵抗元朝南下，他的父亲兄弟妻女等亲人都在战火中牺牲。宋亡后即隐居，居所名"庆全庵"系战乱时庆幸保全性命之意。这首诗的原意是：此处就像陶潜笔下的桃花源，可以避开元朝统治者的暴政。"花飞莫遣随流水，怕有渔郎来问津"，是不希望被人查到他居住的地方。没想到谢枋得最后还是被元朝官吏强带到大都，要他为元朝效力。枋得最后绝食自尽，以死尽节。

曹雪芹用谢枋得一句诗，让读者自己带出全首来，这也是

《红楼梦》的技巧之一。很特别的是，把尽忠守节的谢枋得和另嫁他人失节的花袭人并列，全诗变成反语，用谢枋得来讽刺袭人可谓春秋重笔：在贾府败亡时节，袭人找到她的桃花源，且嫁给蒋玉菡有了二度春风，诗意变成：这朵轻薄的桃花随着流水漂流，终于等到优伶来娶她了。在这回抽出的八支花签中，嘲讽最明显的就数这一支。

回头来看，第五回仅有两位又副册人物：晴雯和袭人。曹雪芹给的高低批判则是天壤之别，只有在这种地方，表现了曹雪芹个人的好恶。至于在小说故事叙述中，每个人物都不见作者褒贬之意，完全独立自在行走。这是曹雪芹写作技巧极为高明之处。

先看袭人的名字，有一个"袭"字，似乎和贾母心中"心地纯良"以及大宅内公认是"至善至贤之人"的形象不合。小说中的袭人，确实有锐角。她回娘家后，宝玉问起她的表妹，很希望都能到家里来团聚。袭人的回应却是连声冷笑："我一个人是奴才命罢了，难道连我的亲戚都是奴才命不成？定还要拣实在好的丫头才往你家来。"后来，宝玉说要用八人轿扛她。袭人再次冷笑："这我可不希罕的。有那个福气，没有那个道理。纵坐了，也没甚趣。"这很让人想起宝钗对着宝玉指桑骂槐，好像人人都可以这样冷待宝玉的。

晴雯早夭，宝玉伤心不已，以为枯萎的海棠应验在晴雯身上。袭人的回应却是极为尖刻自负："真真的这话愈发说上我的气来了。那晴雯是个什么东西，就费这样心思，比出这些正经人来！还有一说，他纵好，也灭不过我的次序去。便是这海棠,也该先来比我,也还轮不到他。"

事实上,袭人不仅对付宝玉有锐角,她更有"争荣夸耀之心",一路像行军打仗般地走着她的晋升之路。

袭人在第三回出场时已备受重用,上从贾母下至宝玉都信任她。也就是,在读者初次见到她时,袭人已经开疆辟土拥有大片领土。接着第六回第二次出场,顺水推舟就和宝玉初试云雨,大胆做了她认为的"不才""丑祸"之事,这不可能没有心机。当宝玉跟她谈到梦中警幻所授云雨之情时,袭人一反平时庄严"死劝"的态度,改为"羞的袭人掩面伏身而笑",她绝少使出如此女性化的柔媚动作。这一役的战果是"自此宝玉视袭人更比别个不同"。又是一次成功的全垒打,为她的姨娘之路放下定金。

第九回,宝玉初次上学,临出门时,袭人千叮万嘱,那语气,既像母亲又像妻子。

到了十九回"袭人回娘家",最可看出她的城府。袭人在娘家听母兄说想要赎她回去,她是"至死也不回去",并哭闹得红了眼睛。回到宝玉那里,却改编内容,说她确定要赎身回母兄家,把宝玉唬得胆战心惊,直到宝玉伤心落泪,她才哄劝宝玉,只要听她三个条件,就不走人,宝玉当然满口答应。

这一役,袭人做足了如来佛,宝玉落在她手掌心团团地转。曹雪芹写在文字中,全然没有笔者分析时的尖酸刻薄。小说写道:"今日可巧有赎身之论,故先用骗词,以探其情,以压其气,然后好下箴规。"所以字面是:袭人为了贾家对宝玉的期望而努力规劝,编谎只是战略技术而已。就袭人个人的战役成果来说：宝玉更加依赖她，对她心服口服，答应她一切要求。

这一回回目是"情切切良宵花解语，意绵绵静日玉生香"，许多读者认为前句指花袭人，后句指黛玉。如果这样解读，"情切切"三字应该在宝玉身上，花袭人就是一个充分了解宝玉而掌控宝玉之人。事实上她一直也朝着这个方向努力。不过，笔者个人喜欢把解语花当成黛玉来得更有意味。无论如何，这一回，前边描写宝玉对袭人的依赖已是不可一日无此君，两人关系有点像母子；此回后半写宝玉黛玉两小无猜，完全是恋人情状。

三十二回，宝玉错把袭人当成黛玉而"诉肺腑"，袭人非常惊吓，认为宝黛两人"将来难免不才之事"并"心下暗度如何处治方免此丑祸"。袭人自己做过的云雨之事，正是她认定的"不才之事""丑祸"等，可见在她自己的价值观里，她就是一床破席。更重要的是，她以小人之心度君子，认为宝黛必定会发生不才之事，闯出丑祸。再退一步说，即使潜意识里她已经是姨娘身份，也没有资格去"处置"正室的事啊。

很快地，就在三十四回，王夫人问袭人，听说贾环告状引起宝玉挨打，袭人明知是实，却说没听过，并非袭人袒护贾环，而是她要王夫人把焦点全部集中在宝玉身上："论理，我们二爷也须得老爷教训两顿。若老爷再不管，将来不知做出什么事来呢。"意思是宝玉实在该打。更重要的是，袭人一番话，引起王夫人"宝玉难道和谁作怪了不成"的"不才""丑祸"的联想，读者立刻可以看到前面袭人"心下暗度如何处治

方免此丑祸",这里就真的"处治"了。她在劝言里,希望宝玉搬出大观园,又举出黛玉、宝钗两人都已长大,该有男女之分,很巧妙地用宝钗来陪衬黛玉,就不会让人单单想到她是针对黛玉而来。

袭人向王夫人进言,战果更加辉煌,王夫人把宝玉全权托付给她,并承诺"我自然不辜负你"。果然,王夫人暗中叫王熙凤挪出自己银子支付给袭人姨娘的薪水,她再次收到更稳固的"定金"。

袭人一路水涨船高,在三十七回,连怡红院的婢女们都公开取笑袭人为"西洋花点子哈巴儿",可见她的"公关功夫"已经被公认。

五十一回"袭人探亲",表现她在贾府地位已经达到极致:名分上还是婢女的她,回娘家探亲时,由王熙凤亲自办理,派了两辆车、八位跟从、衣服换新、首饰华丽……浩浩荡荡,完全是姨奶奶的身份待遇。

许多读者都认为袭人告密,所以晴雯夭折。小说中并无明文叙述袭人向王夫人告晴雯什么密。但是,就以她对待宝黛之间私事的态度、决心及行动,看她如何向王夫人劝说以阻止宝黛之恋,就可以推论,要告倒晴雯并陪上芳官、四儿,也是军事上的势在必行吧!

七十七回,王夫人亲自坐镇怡红院,竟然能说出五十九回芳官与干娘的争执、六十三回四儿说的笑话等怡红院里的极小枝节,就确知有人"告密",只是曹雪芹偏不写是谁告的密。

晴雯被撵,连宝玉都质疑袭人:"怎么人人的不是太太都知道，单不挑出你和麝月秋纹来？"袭人"心内一动，低头半日，无可回答"，这是曹雪芹的不写之写，读者自己心领神会吧。

如果袭人如贾母所云"心地纯良"，就不会挖空心思，过五关斩六将，且每役告捷。只是，当宝玉落魄之后，袭人另嫁蒋玉菡，后人看不到曹雪芹笔下如何描摹，只见曹雪芹在判词中的批判。

续书中，袭人是在宝玉出家后，既守不了节又舍不了命，拖拖拉拉地最后才和蒋玉菡结了婚。观念保守的高鹗当然不欣赏袭人，写到袭人离开荣国府去结婚时，高鹗引用清初邓汉仪诗句"千古艰难唯一死，伤心岂独息夫人"，此诗中的息夫人是战国时，息国被俘的王后息夫人，她被迫做了楚文王的妾。在传统的道德观念里，息夫人应该为亡国死去的丈夫殉死，她却"伤心"地苟活下去，这就是高鹗对袭人不能从一而终的批评。

就世俗而言，袭人一生为自己的幸福而战，也许她没有做成首选的贵妇，但也没有失败到流落道途，大部分凡夫俗女的人生，不都在七折八扣之后就此安身立命了吗？

九 龄官画蔷

龄官在《红楼梦》中出现场次极少,描写她的文字更是少到不如一位小厮。龄官只是贾府为迎接元春省亲,由贾蔷从姑苏买来十二个唱戏的女孩之一。

第十八回,元春观戏,才刚演完,一个太监跑来问:"谁是龄官?"贾蔷知道要赏赐龄官,喜地忙接了,命龄官叩头。太监又道:"贵妃有谕,说'龄官极好,再作两出戏,不拘那两出就是了'。"贾蔷忙答应,请龄官作《游园》《惊梦》二出。龄官认为这两出不是她本角之戏,执意不肯,定要作《相约》《相骂》二出。贾蔷扭她不过,只得依她作了。

优伶的地位不及贾府中的三等奴才,贵妃省亲,相当于皇帝驾临,贾母、贾政都跪在地上叩头迎接。而小小龄官,竟然执意不听上层指示。《红楼梦》描写龄官的篇幅极少,就在这么短短的文字中,就呈现小小十一岁龄官的个性,她不理会什么皇帝皇后,只管坚持自己的原则。事实上,以她的身份地位,无论如何都没有资格摆这种架子,贾蔷为什么包容她？引起读者好奇。这是龄官第一次出现，没有开口说一句话。

二十二回，诸伶人唱戏为宝钗庆生，贾母深爱戏中小旦，叫来给赏。众人都觉得此旦长得和某人神似，却不敢说出来，只有个性直爽的史湘云脱口说像林妹妹，把伶人和千金小姐相比，让黛玉生了好大一场气。不过这里要谈的重点在于：这一回只说受赏的人是一位小旦，没有指名道姓，读者得前后文贯穿起来才理解。

三十回，在蔷薇花架下有一位痴情的画蔷女子，读者跟宝玉一样，从头到尾不知道画蔷者是何许人。

直到三十六回宝玉听说梨香院的"小旦龄官"《牡丹亭》唱得最好，特地过去请她唱一套"袅晴丝"。没想到，这龄官躺在床上，见了宝玉，纹丝不动。宝玉请她唱曲，她回说嗓子坏了不能唱，完全不给宝二爷面子。宝玉见到她，才发现龄官就是蔷薇架下那画蔷的女子。读者看到这里，才把上述资讯全部连接起来，知道龄官、小旦、画蔷的都是同一人。

等贾蔷回来，宝玉亲眼看到两人的关系，跟读者一起恍然大悟，原来贾蔷、龄官深深相爱。

贾蔷本是梨香院总管，照理所有伶人都得听命于他。可是，在爱情的空间里，两性是平等的，没有阶级地位高下之分，爱人可以向对方撒娇甚至撒野。因为贾蔷爱龄官，元春点戏时，贾蔷才扭她不过，顺着她去唱《相约》《相骂》。龄官爱贾蔷，所以她一个人痛苦万分在地上画着千千万万个贾蔷的"蔷"字。因为两人相爱，才有资格斗气，贾蔷千方百计要讨龄官的欢心，似乎她并不领情。

描写龄官的文字很少，故事却用跳跃式的方式从元春省亲写到贾蔷买鸟，才揭开故事底细。在这么少的文字跟简单的情节里，一边写贾蔷之爱一边写龄官之情，读者最后才知道两人相爱如此之深！更可爱的是，两人偷偷相爱，龄官画蔷的痴情，竟然"痴及局外"的贾宝玉，读者顺着读下去，也必定被他们两人的痴情，打动得也痴了起来。

《红楼梦》写龄官，到此为止。读者不知道他们两人的爱情结局究竟如何。

单单这么少的篇幅，为什么能感动读者呢？那就完全靠曹雪芹的写作功力了。在上述简介中，看来贾蔷的付出比较多，龄官则相当拿翘。龄官对贾蔷感情的深度，全在"画蔷"中。

五月的一个大晴天，蔷薇正是花叶茂盛之际，龄官蹲在蔷薇花架下，显然认为这是隐秘之所，不会被人撞见。偏巧宝玉听到她的哽咽之声，隔着篱笆洞儿瞧，只见一个泪流满面的女孩蹲在花架下，手拿簪子在地下一遍遍地画着一个"蔷"字。到了后文，我们就知道，她在画贾蔷的"蔷"字，而且是重复再重复地几千个蔷字地画下去。

龄官画蔷和黛玉葬花本质完全相同。龄官不像黛玉，家里让她读遍诗书，黛玉郁卒难禁时，可以创作《葬花词》来抒发心意，龄官只从学戏时熟识些许文字，当郁卒难禁时，就只能用简单的文字来抒发。这时候，她一个一个的"蔷"字就有千钧之力，足以和《葬花词》相颉颃。

龄官的悲凄是由宝玉的眼睛看到的，她一再重画的动作，也印证了她个性的执着。显然,固执的爱,使她陷入极度的痛苦中。突然一阵骤雨,两个人都淋成落汤鸡却都浑然不觉。龄官在爱的痛苦中,完全遗忘了大雨袭人。这就足足证明她爱得有多深、有多苦!

贾蔷明明也深爱着龄官,且打从一开始就爱她。龄官为什么还如此痛苦呢?曹雪芹没有透露一个字,读者只能自己补白。

贾蔷是何许人物呢?他是"宁府中之正派玄孙,父母早亡,从小儿跟着贾珍过活,如今长了十六岁,比贾蓉生的还风流俊俏。他弟兄二人最相亲厚,常相共处","贾蔷外相既美,内性又聪明"。贾府里,没有一个人有婚姻自由,所以,宝玉爱黛玉,也只能指望贾母因疼爱孙子、外孙女而成全,儿女自己绝对没有发言权、主导权。

不论贾蔷多受贾珍宠爱,都绝不会允许贾府的"正派玄孙"和一位地位低下的伶人结婚。龄官要的是爱情之后走进婚姻,而这婚姻对她而言,又毫无希望。她爱得愈深,她的前途愈渺茫,叫她如何不痛苦?

大凡女子对爱情缺乏安全感时,焦虑会不断煎熬她们,这时她们对待爱人的"步骤"往往是:任性、生气、虐待对方、自绝。这过程几乎也是今本《红楼梦》黛玉走的路。龄官又何尝不是?

龄官出场的几次,几乎都在和贾蔷作对。也就是,他们之间的爱情已经发展到深爱,而龄官思考到婚姻无望的地步。这层焦虑不断折磨着她,只能把气出在她爱的人身上,真正爱她的人，也会心甘情愿承受。如果没有"画蔷"一幕，读者只看见一位被宠坏的小女孩。有了画蔷，才知龄官情到痴处始为真，也才为她的爱情感动、感伤与疼惜。

最后一场，也是龄官心情不好，宝玉被奚落，又寻不着贾蔷，宝官说"一定还是龄官要什么，他去变弄去了"。可见龄官时常心情不好，贾蔷得去"变弄"什么来讨她欢心。果然贾蔷花"一两八钱银子"高价买了个笼中雀儿给龄官，没想到龄官认为贾府买了她们这些伶人，关在笼子里演戏给老爷公子听，现在又弄个笼中鸟，表演什么劳什子，分明是在讽刺她！如今她病了也没人管。贾蔷一听，立刻把鸟放生，马上要去请医生。这时：

龄官又叫："站住，这会子大毒日头地下，你赌气自去请了来我也不瞧。"贾蔷听如此说，只得又站住。

这一句，真是可圈可点。龄官虽然口气仍然不好，但终于表现她深爱贾蔷，她舍不得贾蔷冒着大太阳出门。贾蔷呢，在龄官的喜怒无常之下，对他手下的伶人如此唯命是从，完全忘了礼节上旁边有叔叔贾宝玉需要招呼。这里写两个人都爱得这么痴，但一个是焦虑万分、一个如跑马灯乱转，这就是在桎梏中的热恋。

至于那位"痴及局外"的宝玉呢？这个怡（悦）红（女孩）公子，本来就关心所有女孩，对于在蔷薇花架下写字的龄官本来就很好奇，接着看女子"眉蹙春山，眼颦秋水，面薄腰纤，袅袅婷婷，大有林黛玉之态"，早又不忍弃她而去，只管痴看下去。黛玉、晴雯、龄官三人都有相同的性情：天然、率性、热情、执着。也有相近的长相，更几乎有相同的命运。这三个人，都得到宝玉的同理心与同情心。他疼爱这种性格的女子。

宝玉虽然完全不认识龄官，只在蔷薇花架下，看着画蔷就"不觉也看痴了，两个眼珠儿只管随着簪子动，心里却想：'这女孩子一定有什么话说不出来的大心事，才这样个形景。外面既是这个形景，心里不知怎么熬煎。看他的模样儿这般单薄，心里那里还搁的住熬煎。可恨我不能替你分些过来。'"这是宝玉最了不起的地方，他能够面对他人悲剧的瞬间，感同身受对方的痛苦并释出愿意完全替对方承受的善意。因为有这种善性、善意，他也会立刻进入对方的情境，所以也跟着"痴"起来了。两个都陷入忘我"痴"境的人，也就都察觉不到自己身上被骤雨淋湿的现实。

曹雪芹在龄官画蔷里，写出凡夫俗子可以理解但难以达到的爱的境界，让人叹为观止。

曹雪芹没有告诉读者龄官的最后结局。五十八回，因老太妃薨逝，各官宦家"凡养优伶男女者，一概蠲免遣发"。贾府于是发放十二名伶人，愿意离开的就发放银两自便，结果愿意出去的只四五人，不愿离开的人就分散到园中使唤。"贾母便留下文官自使，将正旦芳官指与宝玉，将小旦蕊官送了宝钗，将小生藕官指与了黛玉，将大花面葵官送了湘云，将小花面荳官送了宝琴，将老外艾官送了探春，尤氏便讨了老旦茄官去。"

名单中不见龄官。她可能是选择离开贾府的那四五人之一。或者，她早在五十八回之前就离开贾府。因为前述人物中，小旦已是"蕊官"递补。总之，龄官从此在《红楼梦》消失。

至于贾蔷，《红楼梦》如果不是有个龄官，读者断然不会注意贾府有这号人物，即使注意到，也瞧不上眼。第九回，他和宝玉等人一起上学堂时，"虽然应名来上学，亦不过虚掩眼目而已。仍是斗鸡走狗，赏花玩柳。总恃上有贾珍溺爱，下有贾蓉匡助，因此族人谁敢来触逆于他"。有一次贾蔷还挑拨茗烟，大闹学堂。

基本上，贾蔷只是一个不学无术的纨绔子弟，遇到龄官，竟然发生一场惊天动地的生死恋。

龄官消失后，贾蔷也没了踪影，直到高鹗续写的一百一十七回又以败家子的姿态出现。贾府被抄家，长辈各自奔走忙碌，贾蔷和贾环成了一路人，"偷典偷卖"，日日"设局赌钱喝酒"，他的生命就以此为终站。从这个角度来看他，也可能他对龄官始乱终弃。总之，曹雪芹没有给贾蔷如宝玉一般永恒痴情的美好性情，他的爱情，是否经得起考验，令人怀疑。

龄官画蔷，是《红楼梦》中极为精彩的"景点"之一。曹雪芹用极少的文字，以四两拨千金的方法，呈现一位痴情女子的情境。从文字的叙述中，我们可以感受到，雪芹深深疼惜着龄官。

龄官只是《红楼梦》中一位极小的角色，和芳官一样，如流星般在高空画下一道晶亮无比的光芒，就消失在天际。曹雪芹书写龄官的企图不仅只在怜惜一名可爱的女子，在全书中，龄官故事还有内容上举足轻重的意义。宝玉这颗顽石到贾府来化身为怡红公子，自小生长于群芳争艳之中，也集万千宠爱于一身，他疼惜所有女子，也几乎以为日后死时，这些女子都将以眼泪流成大河，把他的尸首漂起来……他潜意识以为天下只有他是痴情公子，等到目睹龄官和贾蔷刻骨铭心的一幕，才领悟到天下多的是有情人，各人只能得到各人的眼泪，爱与被爱不只属于他怡红公子啊！

　　整部《红楼梦》都在写宝玉悟道的过程，从警幻仙姑指点迷津开始，就一步一步地走在爱的路上，慢慢领悟爱的真理与真相，亲眼看到贾蔷龄官之爱，宝玉的悟道之路又到另一个层次了。

十 平儿理妆

袭人和平儿是《红楼梦》中，曹雪芹用最多篇幅书写的婢女。袭人在第五回有判词，平儿却没有。有无判词并不代表重要不重要。反而判词中时常会流露人物的缺陷或者弱点。只是，平儿没有判词，所以我们看不出曹雪芹安排她最后的结局，是唯一遗憾的地方。

人人都有缺点，在曹雪芹偏爱的人物里，如宝玉、黛玉、晴雯……如果要谈他们的缺点，我们可以"如数家珍"地罗列一串。完人本来就不应该也不可能出现在小说中。然而高明的曹雪芹，用他生花妙笔，竟然很有说服力地写出完人。

平儿和紫鹃可以说是"红楼二美"，也就是《红楼梦》中唯二完美的人。全书写了四百多人，读者在她们两人身上找不到一丁点儿缺点。限于篇幅，本文只能谈平儿。

《中庸》说："极高明而道中庸。"平儿可是名副其实，曹雪芹因此给她"平儿"之名吧！她确实在任何地方都成为一个完美的平衡点。

这样完美的女孩竟然从小就无父无母,命定做了下人,读者不免先为她的宿命扼腕!她聪明美丽,能干有品,做人做事都公正无私,上自贾母下至奴仆,无人不喜欢她,平儿不知不觉把自己做成人上之人。

让人敬佩、让人惊喜、让人感动的是:她的完美,全部出自天然的一片善心,无论贫富贵贱都愿意成人之美,任何努力都毫无私心,她处处为人服务到忘我的地步,又绝对的公平公正且恰到好处……这样一位完美的人儿不可思议却又万分自然地穿梭在龌龊腐败的贾府里。读者不免猜想:是怎样的人格能量使她一生都在力挽狂澜、竭尽她所能地为贾府卖命?

如果她是一名身为宰辅的男子,那就是中国历史上高韬的忠臣良相。

平儿的十全十美还包括她的长相,曹雪芹在回目中直呼"俏平儿",贾母夸赞她是个"美人胎子",刘姥姥第一眼看她是"花容月貌",宝玉说她"极聪明极清俊的上等女孩儿"。

平儿没有姓,甚至可能没有名,出身很低,是熙凤陪嫁到贾府的四名婢女之一。其他三名,在剽悍的熙凤手下,死的死、走的走,剩下平儿一人。

王熙凤是荣国府贾琏之妻、王夫人的侄女,荣国府派她掌管总务。她争强好胜、独揽大权,贪财爱利又心狠手辣、无所不为。

贾琏是头号"大淫虫",不断拈花惹草。熙凤为了收买丈夫的心,且多一个心腹监守,便让贾琏收平儿为妾。话虽如此,贾琏一靠近平儿,熙凤就生气,平儿不但没有妾的实质地位，甚至得极力避免和贾琏单独相处。她明明是姨娘，但贾府上下都称她"平儿、平儿姐姐、平姑娘"。夹在这一淫一威中间，不论是妾、是仆或婢，任谁都熬不下去。奇女子平儿不但处之泰然，还成为熙凤不可一日无此君的得力助手。平儿的干练绝对超过王熙凤，却从来不"功高震主"，她无论做人做事，分寸总是拿捏得恰到好处。

第六回"贾宝玉初试云雨情，刘姥姥一进荣国府"，平儿第一次出现。刘姥姥想到贾府打抽丰，透过周瑞家的去见王熙凤的一个"心腹通房大婢女名唤平儿"，如果不是平儿心地善良、乐于助人，刘姥姥绝不可能见到熙凤。也因为刘姥姥有了一进荣国府，才有后续的二进、三进，也才有最后刘姥姥感恩图报，协助平儿救出熙凤的独生女巧姐。诸如此类，平儿替熙凤积了许多阴德。

平儿在贾府地位不高，只因是掌权人王熙凤的心腹，所以手上握有实权，平儿不但没有滥用这些权力，反而料理许多熙凤照顾不到的地方，为她修补许多漏洞。

当熙凤生病时，平儿全权处理事情，更显出她高明的智慧与高尚的品德。六十一回"投鼠忌器宝玉瞒赃，判冤决狱平儿行权"，王夫人房间丢失芙苓霜的事情牵扯出一大批丫鬟及仆人之间的恩怨情仇，呆子宝玉一味只会护短，一口要承担下来。平儿不肯，定要把事情查个水落石出，最后果然为柳家母女洗清冤情，也为心高气傲的探春保住面子。诸如此类，平儿几乎日日得处理底下佣仆之间错综复杂的人际关系，像包青天般判决勾心斗角的案子，同时还得顾虑到每个仆人的主人的面子,事情摆平后还得向熙凤报告。像处理芙蓉霜事件,王熙凤就不依,定要"把太太屋里的婢女都拿来,虽不便擅加拷打,只叫他们垫着磁瓦子跪在太阳地下,茶饭也别给吃……"这时,平儿劝道:"何苦来操这心!'得放手时须放手',什么大不了的事,乐得不施恩呢。依我说,纵在这屋里操上一百分的心,终久咱们是那边屋里去的。没的结些小人仇恨,使人含怨。况且自己又三灾八难的,好容易怀了一个哥儿,到了六七个月还掉了,焉知不是素日操劳太过,气恼伤着的。如今乘早儿见一半不见一半的,也倒罢了。"一席话,说的熙凤倒笑了,让步说:"凭你这小蹄子发放去罢。我才精爽些了,没的淘气。"平儿经常如此这般,让熙凤回心转意,一下子毫不张扬地救了许多仆人。

平儿的口才也是一流的好,除了时不时得劝解熙凤,她应变能力更是超人一等。五十六回熙凤生病,探春代理家政时,一心一意要除弊兴革。大凡探春提出的改革点子,平儿无不全力支持,但很快就会补充为什么在熙凤手上做不到的理由。如此一桩桩一件件地数落下来,平儿不但无所不知,也无不言之有理。她对熙凤的忠心实在太像忠臣良相面对暴君的"愚忠",难怪五十六回宝钗在一旁忍不住摸着她的脸笑着赞叹不住,本来生气的探春也转而佩服她。

王熙凤几乎掌握贾府所有权力,唯独掌握不住丈夫的心,贾琏时不时地偷腥,熙凤偏偏又是重度醋罐子。这中间,单靠平儿来平衡。二十一回"贤袭人娇嗔箴宝玉,俏平儿软语救贾琏"最为典型。当平儿收拾贾琏在外的衣服铺盖时,竟在枕套中抖出一绺情妇多姑娘儿相送的头发。平儿笑问贾琏:"这是什么?"贾琏一见忙上来要夺。恰好熙凤进来,询问干啥,平儿立刻为贾琏遮掩,避免一场风波。这就是平儿:双方她都没有资格管,却有能力让战斗的双方保持和平。

六十五回贾琏看上尤二姐,偷偷娶在外头。平儿知道后告诉熙凤,没想到尤二姐被王熙凤花言巧语骗进贾府,表面上亲热非常,暗地里派秋桐去苦整二姐。善良的平儿实在看不下去,反过来同情二姐、照顾二姐。最后尤二姐受不了而吞金自尽,王熙凤杀人完全不见血。贾琏痛心疾首忙找钱办丧事,熙凤竟是一毛不拔,还是靠平儿拿出两百银子给贾琏。

平儿一生的喜怒哀乐都在为别人,只有四十四回"变生不测凤姐泼醋,喜出望外平儿理妆"为自己而伤心。当时王熙凤生日,贾府为她大肆庆祝,贾琏想当然这时老婆必定忙着在大厅承享寿宴,竟把情妇带到房里。怎料熙凤酒酣耳热之际,要回房更衣,走到窗外就听到两人都在赞平儿好却咒她快死,熙凤顿时怀疑平儿背后有过怨言,回身就把平儿打了两下,又踢门进去大闹天宫。混乱中,平儿又挨贾琏踢打。一场丑陋的闹剧,明眼人个个都看出平儿遭到池鱼之殃,全都为她打抱不平。

即使在当时,人人都把它当闹剧看,最高层的贾母是"笑道":"什么要紧的事!小孩子们年轻,馋嘴猫儿似的,那里保得住不这么着。从小儿世人都打这么过的。都是我的不是,他多吃了两口酒,又吃起醋来。"说的众人都笑了。

换言之,贾琏玩女人实属稀松平常,那个时代纨绔子弟人人如此，贾琏何罪之有？贾琏的父亲贾赦，房里妻妾婢女无数，七老八十的人，还要再讨鸳鸯为妾，他太太邢氏还帮着他去讨呢！贾母生气不是因为他太老还要讨妾，而是要夺走她最信赖的婢女。

贾府里面，连最正经守法的贾政都有两名侍妾，贾琏虽然名分上有平儿为妾，熙凤又绝不让他靠近平儿，叫贾琏如何不外头找去？就那个时代而言，王熙凤犯了正室的大戒。就凭这一点，她气量太狭窄、过于斤斤计较，第五回判词说得好"机关算尽太聪明，反算了卿卿性命"，这样的胸襟视野能成什么大事？平儿纵有辅国之能，也拿这昏君没辙，究竟是所遇非人也。

王熙凤也并非不知当时公子哥儿的"常规"，所以她向贾母告的状是贾琏和情妇商议要杀她，并把平儿扶正。但究竟只是借口，人人都看得出她只是吃醋，都笑她在闹笑话！

平儿平时都在为别人服务、为别人伤脑筋、为别人付出感情，像个忘我的天使。这次无辜挨打，我们看到平儿第一次为自己伤了心。

平儿无辜挨打，各处人马都抢着要安慰她。她跟袭人谈起，对熙凤竟是毫无怨言。之后贾母命熙凤来安慰平儿，她忙走上来给熙凤磕头，说："奶奶的千秋，我惹了奶奶生气，是我该死。"她的谦卑与大度可真让读者既敬佩又心疼。

请读者不要把她的忠心耿耿看成"奴性"。凡是有奴性的人，都在主人面前是奴才、背着主人就又另一张嘴脸！平儿对待熙凤就是死心塌地，天下没有不是的君父啊！

平儿挨打并不是一场偶发事件，整个事情所代表的意义是：平儿一向就承受着诸如此类的委屈，这次事件只像玉米花般爆裂开来而已。长久以来，分分秒秒的生活细节里，平儿一直承受着贾、王两名恶煞以各种不同的形式不断地煎熬。天底下不公之事，真是莫此为甚！

平儿挨打后，大家忙着安慰她、为她"理妆"。

平儿能理的不仅是她自己的"妆"，而是一座将倾的大厦，可惜她地位卑下，英雄无用武之地，她尽最大的努力，也只能替贾府补个小"妆"而已。

第五回秦可卿的判词就预言"漫言不肖皆荣出，造衅开端实在宁"。宁国府里贾珍、贾蓉是典型的败家子，加上来自荣国府的媳妇王熙凤，就把整个贾府给搞垮！

高鹗续本里，王熙凤因病而死后，贾琏把平儿扶了正。这可能不是曹雪芹的原意。

另外，值得注意的是，宝玉在这场闹剧中的思言行为。这一回回目是"变生不测凤姐泼醋，喜出望外平儿理妆"，平儿挨打，宝玉竟然"喜出望外"。

话说伤心的平儿被接到怡红院，宝玉千般地体贴、万般地服务，让平儿安心梳洗理妆，盖"宝玉素日因平儿是贾琏的爱妾，又是王熙凤儿的心腹，故不肯和他厮近，因不能尽心，也常为恨事"。只有在这节骨眼儿上，宝玉才有机会为平儿服务。平儿离开后：

> 宝玉因自来从未在平儿前尽过心——且平儿又是个极聪明

极清俊的上等女孩儿，比不得那起俗蠢拙物——深为恨怨。今日是金钏儿的生日，故一日不乐。不想落后闹出这件事来，竟得在平儿前稍尽片心，亦今生意中不想之乐也。因歪在床上，心内怡然自得。

这就是宝玉对待女子的典型心态：以服务女子为快乐之本。越是"聪明清俊"的上等女孩，越是宝爱。他的宝爱，绝非占为己有，而是为对方服务。这和他的原型神瑛侍者灌溉绛珠仙草一样，是"园丁"的角色。他希望把大观园的群花都照顾得各自含苞而后盛开。

然而，在宝玉生存的环境里，反其道而行的事情多得是，让毫无权力的宝玉无能为力。就像这次平儿受冤，宝玉心想：

忽又思及贾琏惟知以淫乐悦己，并不知作养脂粉。又思平儿并无父母兄弟姊妹，独自一人，供应贾琏夫妇二人。贾琏之俗，熙凤之威，他竟能周全妥贴，今儿还遭荼毒，想来此人薄命，比黛玉犹甚。想到此间，便又伤感起来，不觉洒然泪下。因见袭人等不在房内，尽力落了几点痛泪。

不错，在大观园里发生林林总总的悲剧，无能的宝玉，除了落泪，什么也做不了。即使要落个几滴眼泪，也总是有人在旁看着守着，不能尽情地落呢！

经典
曹雪芹
红楼梦

肆 文本选读

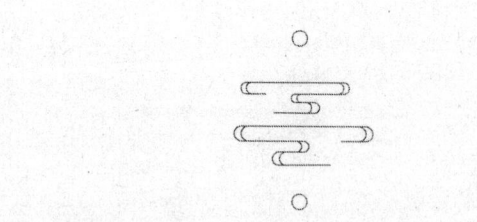

一 警幻指迷

五回　开生面梦演红楼梦　立新场情传幻境情[1]

因东边宁府花园的梅花盛开，贾珍之妻尤氏乃治酒，请贾母、邢夫人、王夫人等赏花，是日先携了贾蓉夫妻二人来面请。贾母等于是早饭后过来，就在会芳园游顽，先茶后酒……忽一时，宝玉困倦，欲睡中觉，贾母命人好生哄着他歇息一回再来。贾蓉媳妇秦氏便忙回道："我们这里有给宝叔叔收拾下的房子，老祖宗放心，只管交与我就是了。"又向宝玉的丫鬟奶娘等道："姆姆、姐姐们，请宝叔随我这里来。"贾母素知秦氏是极安妥的人，而且又生得袅娜纤巧，行事又温柔和平，乃重孙媳中第一个得意之人，见他去安置宝玉，自然是安稳的。

---

[1] 本章"文本选读"，编著者采用的是台湾通行的里仁书局版《红楼梦》，其中字词用法及个别处文辞或与大陆通行版本有所不同。

当下秦氏引了一簇人来至上房内间，宝玉抬头先见是一幅画贴在上面，人物固好，其故事乃是《燃藜图》，也不看系何人所画，心中便有些不快。又有一幅对联，写的是："世事洞明皆学问，人情练达即文章。"

及看了这两句，纵然室宇精美，铺陈华丽，亦断断不肯在这里了，忙说："快出去！"秦氏听了，笑道："这里还不好，往那里去呢！不然，到我屋里去罢。"宝玉点头微笑。有一嬷嬷道："那有个叔叔到姪儿房里去睡觉的礼呢？"秦氏道："不怕他恼：他能多大了？就忌讳这些个？上月你没看见我那个兄弟来了？虽然和宝叔同年，两个站在一处，只怕那一个还高些呢。"宝玉道："我怎么没见过，你带他来我瞧瞧。"众人道："隔着二三十里，那里带去？见的日子有呢。"

说着，大家来至秦氏房中。刚至房门，便有一股细细的甜香袭人而来，宝玉便觉眼饧骨软，连说："好香！"进入房向壁上看时，有唐伯虎画的《海棠春睡图》，两边有宋学士秦太虚写的一幅对联是："嫩寒锁梦因春冷，芳气笼人是酒香。"一边摆着飞燕立着舞过的金盘，盘内盛着安禄山掷过伤了太真乳的木瓜。上面设着寿阳公主于含章殿下卧的榻，悬的是同昌公主制的连珠帐。宝玉含笑道："这里好。"秦氏笑道："我这房子大约神仙也可以住得了。"说着，亲自展开了西施浣过的纱衾，移了红娘抱过的鸳枕。于是众奶母服侍宝玉卧好，款款散去，只留下袭人、媚人、晴雯、麝月四个丫鬟为伴……

那宝玉刚合上眼，便惚惚睡去，犹似秦氏在前，遂悠悠荡荡，跟着秦氏至一所在。但见朱栏白石，绿树清溪，真是人迹稀逢，飞尘不到之处……宝玉见是一个仙姑，喜的忙来作揖问道："神仙姐姐，不知从那里来，如今要往那里去？我也不知这是何处，望乞携带携带。"仙姑道："吾居离恨天之上，灌愁海之中，乃放春山还香洞太虚幻境警幻仙姑是也。司人间之风情月债，掌尘世之女怨男痴。因近来风流冤孽，缠绵于此处，是以前来查访机会，布散相思。今忽与尔相逢，亦非偶然。此离吾境不远，别无他物，仅有自采仙茗一盏，亲酿美酒一瓮，素练霓舞歌姬数人，新填《红楼梦曲》十二支，试随我一游否？"

宝玉听了，喜跃非常，便忘了秦氏在何处，竟随了仙姑至一所在，有石牌横建，着书"太虚幻境"四大字，两边一幅对联，乃是："假作真时真亦假，无为有处有还无。"转过牌坊，便是一座宫门，上面横书着四个大字，道："孽海情天。"又有一幅对联大书云："厚地高天，堪叹古今情不尽，痴男怨女，可怜风月债难酬。"

宝玉……抬头看这司的匾上，乃是"薄命司"三字，两边对联写的是："春恨秋悲皆自惹，花容月貌为谁妍？"

……只见那边橱上封条大书七字云："金陵十二钗正册"，宝玉因问："何为'金陵十二钗正册'？"警幻道："即贵省中十二冠首女子之册，故为正册。"

……再看下二橱，上果然写着"金陵十二钗副册"；又一个写着"金陵十二钗又副册"。

（警幻）携了宝玉入室。但闻一缕幽香，竟不知所焚何物。宝玉遂不禁相问，警幻冷笑道："此香乃尘世中既无，尔何能知！此香乃诸山名胜境初生异卉之精，合各种宝林珠树之油所制，名为'群芳髓'。"宝玉听了，只是欣羡而已。大家入座，小鬟捧上茶来。宝玉自觉香清异味，纯美非常，因又问何名。警幻道："此茶出在放春山遣香洞，又以仙花灵叶上所带的宿露而烹此茶，名曰'千红一窟'。"宝玉听了，点头称赏。

……宝玉闻得此酒清香甘洌，又不禁相问。警幻道："此酒乃以百花之蕊，万木之汁，加以麟髓之醅、凤乳之曲酿成，因名为'万艳同杯'。"……

警幻便命撤去残席，送宝玉至一香闺绣阁之中。其间铺陈之盛，乃素所未见之物。更可骇者，早有一位女子在内，其鲜妍妩媚，有似乎宝钗，袅娜风流，则又如黛玉。正不知何意，忽警幻道："尘世中多少富贵之家，那些绿窗风月，绣阁烟霞，皆被淫污纨绔与那些流荡女子悉皆玷辱；更可恨者，自古来，多少轻薄浪子皆以'好色不淫'为解，又以'情而不淫'作案，此皆饰非掩丑之语也：好色即淫，知情更淫。是以巫山之会，云雨之欢，皆由既悦其色，复恋其情所致也。吾所爱汝者，乃天下古今第一淫人也。"

宝玉听了，吓的慌忙答道："仙姑差了：我因懒于读书，家父母尚每垂训饬，岂敢再犯'淫'字？况且年纪尚幼，不知'淫'字为何物。"警幻道："非也。淫虽一理，意则有别。如世之好淫者，不过悦容貌，喜歌舞，调笑无厌，云雨无时，恨不能天下之美女供我片时之兴趣：此皆皮肤滥淫之蠢物耳。如尔则天分中生成一段痴情，吾辈推之为'意淫'。惟'意淫'二字，可心领而不可口传，可神通而不可语达。汝今独得此二字，在闺阁中固可为良友，然于世道中未免迂阔怪诡，百口嘲谤，万目睚眦。今既遇令祖宁荣二公，剖腹深嘱，吾不忍君独为我闺阁增光，见弃于世道，故引子前来，醉以良酒，沁以仙茗，警以妙曲，再将吾妹一人乳名兼美字可卿者，许配与汝。今夕良时，即可成姻：不过令汝略领此仙闺幻境之风光尚然如此，何况尘世之情哉。而今后，万万解释，改悟前情，留意于孔孟之间，委身于经济之道。"说毕，便秘授以"云雨"之事，推宝玉入房中，将门掩上自去。

那宝玉恍恍惚惚，依着警幻所嘱之言，未免有儿女之事，难以尽述。至次日，便柔情缱绻，软语温存，与可卿难解难分。因二人携手出去游玩之时，忽至一个所在，但见荆榛遍地，狼虎同群，迎面一道黑溪阻路，并无桥梁可通。正在犹豫之间，忽见警幻从后追来，告道："快休前进，作速回头要紧！"宝玉忙止步问道："此系何处？"警幻道："此即迷津也，深有万丈，遥亘千里，只有一木筏，乃木居士掌柁，灰侍者撑篙，不受金银之谢，但遇有缘者渡之。尔今偶游至此，设如堕落其中，则深负我从前谆谆警戒矣。"话犹未了，只听津内的水响如雷，竟有许多夜叉海鬼将宝玉拖将下去，唬得宝玉汗下如雨，一面失声喊叫："可卿救我！"唬得袭人辈众丫鬟忙上来搂住,叫:"宝玉别怕,我们在这里!"

却说秦氏正在房外嘱咐小丫头们好生看着猫儿狗儿打架,忽闻宝玉在梦中叫他的小名儿,因纳闷道:"我的小名在这里从无人知道的,他如何知道,在梦中叫将出来?"

二　黛玉葬花

十七回　大观园试才题对额　荣国府归省庆元宵

（宝玉陪父亲在"大观园试才题对额"大展才华，离开时众小厮闹着讨赏吃）……一个上来解荷包，那一个就解扇囊，不容分说，将宝玉所佩之物尽行解去……

少时袭人倒了茶来，见身边佩物一件无存，因笑道："带的东西又是那起没脸的东西们解了去。"林黛玉听说，走来瞧瞧，果然一件无存，因向宝玉道："我给的那个荷包也给他们了？你明儿再想我的东西，可不能够了！"说毕，赌气回房，将前日宝玉所烦他作的那个香袋儿——才做了一半——赌气拿过来就铰。宝玉见他生气，便知不妥，忙赶过来，早剪破了。宝玉已见过这香囊，虽尚未完，却十分精巧，费了许多工夫。今见无故剪了，却也可气。因忙把衣领解了，从里面红袄襟上将黛玉所给的那荷包解了下来，递与黛玉瞧道："你瞧瞧，这是什么！我那一回把你的东西给人了？"林黛玉见他如此珍重,带在里面,可知是怕人拿去之意,因此又自悔莽撞,未见皂白,就剪了香袋。因此又愧又气,低头一言不发。宝玉道:"你也不用剪,我知道你是懒待给我东西。我连这荷包奉还,何如?"说着,掷向他怀中便走。黛玉见如此,愈发气起来,声咽气堵,又汪汪的滚下泪来,拿起荷包来又剪。宝玉见他如此,忙回身抢住,笑道:"好妹妹,饶了他罢!"黛玉将剪子一摔,拭泪说道:"你不用同我好一阵歹一阵的,要恼,就撂开手。这当了什么。"说着,赌气上床,面向里倒下拭泪。禁不住宝玉上来"妹妹"长"妹妹"短赔不是。

前面贾母一片声找宝玉。众奶娘丫鬟们忙回说:"在林姑娘房里呢。"贾母听说道:"好,好,好!让他姊妹们一处玩玩罢。才他老子拘了他这半天,让他开心一会子罢。只别叫他们拌嘴,不许扭了他。"众人答应着。

十九回　情切切良宵花解语　意绵绵静日玉生香

彼时黛玉自在床上歇午,丫鬟们皆出去自便,满屋内静悄悄的。宝玉揭起绣线软帘,进入里间,只见黛玉睡在那里,忙走上来推他道:"好妹妹,才吃了饭,又睡觉。"将黛玉唤醒。黛玉见是宝玉,因说道:"你且出去逛逛。我前儿闹了一夜,今儿还没有歇过来,浑身酸疼。"宝玉道:"酸疼事小,睡出来的病大。我替你解闷儿,混过困去就好了。"黛玉只合着眼,说道:"我不困,只略歇歇儿,你且别处去闹会子再来。"宝玉推他道:"我往那去呢,见了别人就怪腻的。"

黛玉听了，嗤的一声笑道："你既要在这里，那边去老老实实的坐着，咱们说话儿。"宝玉道："我也歪着。"黛玉道："你就歪着。"宝玉道："没有枕头，咱们在一个枕头上。"黛玉道："放屁！外头不是枕头？拿一个来枕着。"宝玉出至外间，看了一看，回来笑道："那个我不要，也不知是那个脏婆子的。"黛玉听了，睁开眼，起身笑道："真真你就是我命中的'天魔星'！请枕这一个。"说着，将自己枕的推与宝玉，又起身将自己的再拿了一个来，自己枕了，二人对面倒下。

黛玉因看见宝玉左边腮上有钮扣大小的一块血渍，便欠身凑近前来，以手抚之细看，又道："这又是谁的指甲刮破了？"宝玉侧身，一面躲，一面笑道："不是刮的，只怕是才刚替他们淘漉胭脂膏子，蹭上了一点儿。"说着，便找手帕子要揾拭。黛玉便用自己的帕子替他揾拭了，口内说道："你又干这些事了。干也罢了，必定还要带出幌子来。便是舅舅看不见，别人看见了，又当奇事新鲜话儿去学舌讨好儿，吹到舅舅耳朵里，又该大家不干净惹气。"

宝玉总未听见这些话，只闻得一股幽香，却是从黛玉袖中发出，闻之令人醉魂酥骨。宝玉一把便将黛玉的袖子拉住，要瞧笼着何物。黛玉笑道："冬寒十月，谁带什么香呢。"宝玉笑道："既然如此，这香是那里来的？"黛玉道："连我也不知道。想必是柜子里头的香气，衣服上薰染的也未可知。"宝玉摇头道："未必，这香的气味奇怪，不是那些香饼子、香球子、香袋子的香。"黛玉冷笑道："难道我也有什么'罗汉''真人'给我些香不成？便是得了奇香，也没有亲哥哥亲兄弟弄了花儿、朵儿、霜儿、雪儿替我炮制。我有的是那些俗香罢了。"

宝玉笑道:"凡我说一句,你就拉上这么些,不给你个利害,也不知道,从今儿可不饶你了。"说着翻身起来,将两只手呵了两口,便伸手向黛玉膈肢窝内两肋下乱挠。黛玉素性触痒不禁,宝玉两手伸来乱挠,便笑的喘不过气来,口里说:"宝玉,你再闹,我就恼了。"宝玉方住了手,笑问道:"你还说这些不说了?"黛玉笑道:"再不敢了。"一面理鬓笑道:"我有奇香,你有'暖香'没有?"

宝玉见问,一时解不来,因问:"什么'暖香'?"黛玉点头叹笑道:"蠢才,蠢才!你有玉,人家就有金来配你;人家有'冷香',你就没有'暖香'去配?"宝玉方听出来。宝玉笑道:"方才求饶,如今更说狠了。"说着,又去伸手。黛玉忙笑道:"好哥哥,我可不敢了。"宝玉笑道:"饶便饶你,只把袖子我闻一闻。"说着,便拉了袖子笼在面上,闻个不住。黛玉夺了手道:"这可该去了。"宝玉笑道:"去,不能。咱们斯斯文文的躺着说话儿。"说着,复又倒下。黛玉也倒下,用手帕子盖上脸。宝玉有一搭没一搭的说些鬼话,黛玉只不理。宝玉问他几岁上京,路上见何景致古迹,扬州有何遗迹故事,土俗民风。黛玉只不答。

宝玉只怕他睡出病来,便哄他道:"嗳哟!你们扬州衙门里有一件大故事,你可知道?"黛玉见他说的郑重,且又正言厉色,只当是真事,因问:"什么事?"宝玉见问,便忍着笑顺口诌道:"扬州有一座黛山。山上有个林子洞。"黛玉笑道:"就是扯谎,自来也没听见这山。"宝玉道:"天下山水多着呢!你那里知道这些不成。等我说完了,你再批评。"黛玉道:"你且说。"宝玉又诌道:"林子洞里原来有群耗子精。那一年腊月初七日,老耗子升座议事,因说:'明日乃是腊八,世上人都熬腊八粥。如今我们洞中果品短少,须得趁此打劫些来方妙。'乃拔令箭一枝,遣一能干的小耗前去打听。一时小耗回报:'各处察访打听已毕,惟有山下庙里果米最多。'老耗问:'米有几样?果有几品?'小耗道:'米豆成仓,不可胜记。果品有五种:一红枣,二栗子,三落花生,四菱角,五香芋。'老耗听了大喜,即时点耗前去。乃拔令箭问:'谁去偷米?'一耗便接令去偷米。又拔令箭问:'谁去偷豆?'又一耗接令去偷豆。然后一一的都各领令去了。只剩了香芋一种,因又拔令箭问:'谁去偷香芋?'只见一个极小极弱的小耗应道:'我愿去偷香芋。'老耗并众耗见他这样,恐不谙练,且怯懦无力,都不准他去。小耗道:'我虽年小身弱,却是法术无边,口齿伶俐,机谋深远。此去管比他们偷的还巧呢。'众耗忙问:'如何比他们巧呢?'小耗道:'我不学他们直偷。我只摇身一变,也变成个香芋,滚在香芋堆里,使人看不出,听不见,却暗暗的用分身法搬运,渐渐的就搬运尽了。岂不比直偷硬取的巧些?'众耗听了,都道:'妙却妙,只是不知怎么个变法,你先变个我们瞧瞧。'小耗听了,笑道:'这个不难,等我变来。'说毕,摇身说'变',竟变了一个最标致美貌的一位小姐。众耗忙笑道:'变错了,变错了。原说变果子的,如何变出小姐来?'小耗现形笑道:

'我说你们没见世面，只认得这果子是香芋，却不知盐课林老爷的小姐才是真正的香玉呢！'"

黛玉听了，翻身爬起来，按着宝玉笑道："我把你烂了嘴的！我就知道你是编我呢！"说着，便拧的宝玉连连央告，说："好妹妹，饶我罢，再不敢了！我因为闻你香，忽然想起这个故典来。"黛玉笑道："饶骂了人，还说是故典呢！"

二十七回　滴翠亭杨妃戏彩蝶　埋香冢飞燕泣残红

葬花词

花谢花飞花满天，红消香断有谁怜。
游丝软系飘春榭，落絮轻沾扑绣帘。
闺中女儿惜春暮，愁绪满怀无释处。
手把花锄出绣闺，忍踏落花来复去。
柳丝榆荚自芳菲，不管桃飘与李飞。
桃李明年能再发，明年闺中知有谁。
三月香巢已垒成，梁间燕子太无情！
明年花发虽可啄，却不道人去梁空巢也倾。
一年三百六十日，风刀霜剑严相逼。
明媚鲜妍能几时，一朝飘泊难寻觅。
花开易见落难寻，阶前闷杀葬花人。
独倚花锄泪暗洒，洒上空枝见血痕。
杜鹃无语正黄昏，荷锄归去掩重门。
青灯照壁人初睡，冷雨敲窗被未温。

怪奴底事倍伤神，半为怜春半恼春：
怜春忽至恼忽去，至又无言去不闻。
昨宵庭外悲歌发，知是花魂与鸟魂？
花魂鸟魂总难留，鸟自无言花自羞。
愿奴胁下生双翼，随花飞到天尽头。
天尽头，何处有香丘？
未若锦囊收艳骨，一抔净土掩风流。
质本洁来还洁去，强于污淖陷渠沟。
尔今死去侬收葬，未卜侬身何日丧？
侬今葬花人笑痴，他年葬侬知是谁？
试看春残花渐落，便是红颜老死时。
一朝春尽红颜老，花落人亡两不知！

四十二回　蘅芜君兰言解疑癖　潇湘子雅谑补余香

且说宝钗等吃过早饭，又往贾母处问过安，回园至分路之处，宝钗便叫黛玉道："颦儿跟我来，有一句话问你。"黛玉便同了宝钗，来至蘅芜苑中。进了房，宝钗便坐了笑道："你跪下，我要审你。"黛玉不解何故，因笑道："你瞧宝丫头疯了！审问我什么？"宝钗冷笑道："好个千金小姐！好个不出闺门的女孩儿！满嘴说的是什么？你只实说便罢。"黛玉不解，只管发笑，心里也不免疑惑起来，口里只说："我何曾说什么？你不过要捏我的错儿罢了。你倒说出来我听听。"宝钗笑道："你还装憨儿。昨儿行酒令你说的是什么？我竟不知那里来的。"黛玉一想，方想起来昨儿失于检点，那《牡丹亭》《西厢记》说了两句，不觉红了脸，便上来搂着宝钗，笑道："好姐姐，原是我不知道随口说的。你教给我，再不说了。"宝钗笑道："我也不知道，听你说的怪生的，所以请教你。"黛玉道："好姐姐，你别说与别人，我以后再不说了。"

宝钗见他羞得满脸飞红，满口央告，便不肯再往下追问，因拉他坐下吃茶，款款的告诉他道："你当我是谁，我也是个淘气的。从小七八岁上也够个人缠的。我们家也算是个读书人家，祖父手里也爱藏书。先时人口多，姊妹弟兄都在一处，都怕看正经书。弟兄们也有爱诗的，也有爱词的，诸如这些'西厢''琵琶'以及'元人百种'，无所不有。他们是偷背着我们看，我们却也偷背着他们看。后来大人知道了，打的打，骂的骂，烧的烧，才丢开了。所以咱们女孩儿家不认得字的倒好。男人们读书不明理，尚且不如不读书的好，何况你我。就连作诗写字等事，原不是你我分内之事，究竟也不是男人分内之事。男人们读书明理，辅国治民，这便好了。只是如今并不听见有这样的人，读了书倒更坏了。这是书误了他，可惜他也把书遭塌了，所以竟不如耕种买卖，倒没有什么大害处。你我只该做些针黹纺织的事才是，偏又认得了字，既认得了字，不过拣那正经的看也罢了，最怕见了些杂书，移了性情，就不可救了。"一席话，说的黛玉垂头吃茶，心下暗伏，只有答应"是"的一字。

四十九回　琉璃世界白雪红梅　脂粉香娃割腥啖膻

正说着，只见琥珀走来，笑道："老太太说了，叫宝姑娘别管紧了琴姑娘。他还小呢，让他爱怎么样就怎么样。要什么东西只管要去，别多心。"宝钗忙起身答应了，又推宝琴，笑道："你也不知是那里来的福气！你倒去罢，仔细我们委曲着你。我就不信我那些儿不如你。"说话之间，宝玉黛玉都进来了，宝钗犹自嘲笑。湘云因笑道："宝姐姐，你这话虽是玩话，却有人真心是这样想呢。"琥珀笑道："真心恼的再没别人，就只是他。"口里说，手指着宝玉。宝钗、湘云都笑道："他倒不是这样人。"琥珀又笑道："不是他，就是他。"说着又指着黛玉。湘云便不则声。宝钗忙笑道："更不是了。我的妹妹和他的妹妹一样。他喜欢得比我还疼呢，那里还恼？你信云儿混说。他的嘴有什么实据。"宝玉素习深知黛玉有些小性儿，且尚不知近日黛玉和宝钗之事，正恐贾母疼宝琴他心中不自在，今见湘云如此说了，宝钗又如此答，再审度黛玉声色亦不似往日，果然与宝钗之说相符，心中闷闷不解。因想："他两个素日不是这样的，如今看来，竟更比他人好了十倍。"一时又见林黛玉赶着宝琴叫"妹妹"，并不提名道姓，直似亲姊妹一般……

一时宝钗姊妹往薛姨妈房内去后，湘云往贾母处来，林黛玉回房歇着。宝玉便找了黛玉来，笑道："我虽看了《西厢记》，也曾有明白的几句，说了取笑，你还曾恼过。如今想来，竟有一句不解，我念出来你讲讲我听。"黛玉听了，便知有文章，因笑道："你念出来我听听。"宝玉笑道："那《闹简》上有一句说得最好，'是几时孟光接了梁鸿案？'这句最妙。'孟光接了梁鸿案'这七个字，不过是现成的典，难为他这'是几时'三个虚字问的有趣。是几时接了？你说说我听听。"黛玉听了，禁不住也笑起来，因笑道："这原问的好。他也问的好，你也问的好。"宝玉道："先时你只疑我，如今你也没的说，我反落了单。"黛玉笑道："谁知他竟真是个好人，我素日只当他藏奸。"因把说错了酒令起，连送燕窝病中所谈之事，细细告诉了宝玉。宝玉方知缘故，因笑道："我说呢，正纳闷'是几时孟光接了梁鸿案'，原来是从'小孩儿口没遮拦上'就接了案了。"

三　宝玉挨打

三十三回　手足眈眈小动唇舌　不肖种种大承笞挞

原来宝玉会过雨村回来听见了，便知金钏儿含羞赌气自尽，心中早又五内摧伤，进来被王夫人数落教训，也无可回说。见宝钗进来，方得便出来，茫然不知何往，背着手，低头一面感叹，一面慢慢的走着，信步来至厅上。刚转过屏门，不想对面来了一人正往里走，可巧儿撞了个满怀。只听那人喝了一声"站住！"宝玉唬了一跳，抬头一看，不是别人，却是他父亲，不觉的倒抽了一口气，只得垂手一旁站了。贾政道："好端端的，你垂头丧气嗐些什么？方才雨村来了要见你，叫你那半天你才出来；既出来了，全无一点慷慨挥洒谈吐，仍是葳葳蕤蕤。我看你脸上一团思欲愁闷气色，这会子又咳声叹气。你那些还不足，还不自在？无故这样，却是为何？"宝玉素日虽是口角伶俐，只是此时一心总为金钏儿感伤，恨不得此时也身亡命殒，跟了金钏儿去。如今见了他父亲说这些话，究竟不曾听见，只是怔呵呵的站着。

贾政见他惶悚，应对不似往日，原本无气的，这一来倒生了三分气。方欲说话，忽有回事人来回："忠顺亲王府里有人来，要见老爷。"贾政听了，心下疑惑，暗暗思忖道："素日并不和忠顺府来往，为什么今日打发人来？"一面想，一面令"快请"，急走出来看时，却是忠顺府长史官，忙接进厅上坐了献茶。未及叙谈，那长史官先就说道："下官此来，并非擅造潭府，皆因奉王命而来，有一件事相求。看王爷面上，敢烦老大人作主，不但王爷知情，且连下官辈亦感谢不尽。"贾政听了这话，抓不住头脑，忙陪笑起身问道："大人既奉王命而来，不知有何见谕，望大人宣明，学生好遵谕承办。"那长史官便冷笑道："也不必承办，只用大人一句话就完了。我们府里有一个做小旦的琪官，一向好好在府里，如今竟三五日不见回去，各处去找，又摸不着他的道路，因此各处访察。这一城内，十停人倒有八停人都说，他近日和衔玉的那位令郎相与甚厚。下官辈等听了，尊府不比别家，可以擅入索取，因此启明王爷。王爷亦云：'若是别的戏子呢，一百个也罢了；只是这琪官随机应答，谨慎老诚，甚合我老人家的心，竟断断少不得此人。'故此求老大人转谕令郎，请将琪官放回，一则可慰王爷谆谆奉恳，二则下官辈也可免操劳求觅之苦。"说毕，忙打一躬。

贾政听了这话，又惊又气，即命唤宝玉来。宝玉也不知是何原故，忙赶来时，贾政便问："该死的奴才！你在家不读书也罢了，怎么又做出这些无法无天的事来！那琪官现是忠顺王爷驾前承奉的人,你是何等草芥,无故引逗他出来,如今祸及于我。"宝玉听了唬了一跳,忙回道:"实在不知此事。究竟连'琪官'两个字不知为何物,岂更又加'引逗'二字!"说着便哭了。贾政未及开言,只见那长史官冷笑道:"公子也不必掩饰。或隐藏在家,或知其下落,早说了出来,我们也少受些辛苦,岂不念公子之德?"宝玉连说不知,"恐是讹传,也未见得"。那长史官冷笑道:"现有据证,何必还赖?必定当着老大人说了出来,公子岂不吃亏?既云不知此人,那红汗巾子怎么到了公子腰里?"宝玉听了这话,不觉轰去魂魄,目瞪口呆,心下自思:"这话他如何得知!他既连这样机密事都知道了,大约别的瞒他不过,不如打发他去了,免的再说出别的事来。"因说道:"大人既知他的底细,如何连他置买房舍这样大事倒不晓得了?听得说他如今在东郊离城二十里有个什么紫檀堡,他在那里置了几亩田地几间房舍。想是在那里也未可知。"那长史官听了,笑道:"这样说,一定是在那里。我且去找一回,若有了便罢,若没有,还要来请教。"说着,便忙忙的走了。

贾政此时气的目瞪口歪,一面送那长史官,一面回头命宝玉"不许动!回来有话问你!"一直送那官员去了。才回身,忽见贾环带着几个小厮一阵乱跑。贾政喝令小厮"快打,快打!"贾环见了他父亲,唬的骨软筋酥,忙低头站住。贾政便问:"你跑什么?带着你的那些人都不管你,不知往那里逛去,由你野马一般!"喝令叫跟上学的人来。贾环见他父亲盛怒,便乘机说道:"方才原不曾跑,只因从那井边一过,那井里淹死了一个丫头，我看见人头这样大，身子这样粗，泡的实在可怕，所以才赶着跑了过来。"贾政听了惊疑，问道："好端端的，谁去跳井？我家从无这样事情，自祖宗以来，皆是宽柔以待下人。——大约我近年于家务疏懒，自然执事人操克夺之权，致使生出这暴殄轻生的祸患。若外人知道，祖宗颜面何在！"喝令快叫贾琏、赖大、来兴。小厮们答应了一声，方欲叫去，贾环忙上前拉住贾政的袍襟，贴膝跪下道："父亲不用生气。此事除太太房里的人，别人一点也不知道。我听见我母亲说……"说到这里，便回头四顾一看。贾政知意，将眼一看众小厮，小厮们明白，都往两边后面退去。贾环便悄悄说："我母亲告诉我说，宝玉哥哥前日在太太屋里，拉着太太的丫头金钏儿强奸不遂，打了一顿。那金钏儿便赌气投井死了。"话未说完，把个贾政气的面如金纸，大喝"快拿宝玉来！"一面说，一面便往里边书房里去，喝令"今日再有人劝我，我把这冠带家私一应交与他与宝玉过去！我免不得做个罪人，把这几根烦恼鬓毛剃去，寻个干净去处自了，也免得上辱先人下生逆子之罪。"众门客仆从见贾政这个形景，便知又是为宝玉了，一个个都是咂指咬舌，连忙退出。那贾政喘吁吁直挺挺坐在椅子上，满面泪痕，一叠声"拿宝玉！拿大棍！拿索子捆上！把各门都关上！有人传信往里头去，立刻打死！"……只见贾政的小厮走来，逼着他出去了。贾政一见，眼都红紫了，也不暇问他在外流荡优伶，表赠私物，在家荒疏学业，淫辱母婢等语，只喝令"堵起嘴来，着实打死！"小厮们不敢违拗，只得将宝玉按在凳上，举起大板打了十来下。贾政犹嫌打轻了,一脚踢开掌板的,自己夺过来,咬着牙狠命盖了三四十下。众门客见打的不祥了,忙上前夺劝。贾政那里肯听,说道:"你们问问他干的勾当可饶不可饶!素日皆是你们这些人把他酿坏了,到这步田地还来解劝。明日酿到他弑君杀父,你们才不劝不成!"

众人听这话不好听,知道气急了,忙又退出,只得觅人进去给信。王夫人不敢先回贾母,只得忙穿衣出来,也不顾有人没人,忙忙赶往书房中来,慌的众门客小厮等避之不及。王夫人一进房来,贾政更如火上浇油一般,那板子愈发下去的又狠又快。按宝玉的两个小厮忙松了手走开,宝玉早已动弹不得了。贾政还欲打时,早被王夫人抱住板子。贾政道:"罢了,罢了!今日必定要气死我才罢!"王夫人哭道:"宝玉虽然该打,老爷也要自重。况且炎天暑日的,老太太身上也不大好,打死宝玉事小,倘或老太太一时不自在了,岂不事大!"贾政冷笑道:"倒休提这话。我养了这不肖的孽障,已不孝;教训他一番,又有众人护持;不如趁今日一发勒死了,以绝将来之患!"说着,便要绳索来勒死。王夫人连忙抱住哭道:"老爷虽然应当管教儿子,也要看夫妻分上。我如今已将五十岁的人,只有这个孽障,必定苦苦的以他为法,我也不敢深劝。今日愈发要他死,岂不是有意绝我。既要勒死他,快拿绳子来先勒死我,再勒死他。我们娘儿们不敢含怨,到底在阴司里得个依靠。"说毕,爬在宝玉身上大哭起来。贾政听了此话,不觉长叹一声,向椅上坐了,泪如雨下。王夫人抱着宝玉,只见他面白气弱,底下穿着一条绿纱小衣皆是血渍,禁不住解下汗巾看,由臂至胫,或青或紫,或整或破,竟无一点好处,不觉失声大哭起来,"苦命的儿吓!"因哭出"苦命儿"来,忽又想起贾珠来,便叫着贾珠哭道:"若有你活着,便死一百个我也不管了。"此时里面的人闻得王夫人出来,那李宫裁王熙凤与迎春姊妹早已出来了。王夫人哭着贾珠的名字,别人还可,惟有宫裁禁不住也放声哭了。贾政听了,那泪珠更似滚瓜一般滚了下来。

正没开交处,忽听丫鬟来说:"老太太来了。"一句话未了,只听窗外颤巍巍的声气说道:"先打死我,再打死他,岂不干净了!"贾政见他母亲来了,又急又痛,连忙迎接出来,只见贾母扶着丫头,喘吁吁的走来。贾政上前躬身陪笑道:"大暑热天,母亲有何生气亲自走来?有话只该叫了儿子进去吩咐。"贾母听说,便止住步喘息一回,厉声说道:"你原来是和我说话!我倒有话吩咐,只是可怜我一生没养个好儿子,却教我和谁说去!"贾政听这话不像,忙跪下含泪说道:"为儿的教训儿子,也为的是光宗耀祖。母亲这话,我做儿的如何禁得起?"贾母听说,便啐了一口,说道:"我说一句话,你就禁不起,你那样下死手的板子,难道宝玉就禁得起了?你说教训儿子是光宗耀祖,当初你父亲怎么教训你来!"说着,不觉就滚下泪来。贾政又陪笑道:"母亲也不必伤感,皆是作儿的一时性起,从此以后再不打他了。"贾母便冷笑道:"你也不必和我使性子赌气的。你的儿子,我也不该管你打不打。我猜着你也厌烦我们娘儿们。不如我们赶早儿离了你,大家干净!"说着便令人去看轿马,"我和你太太宝玉立刻回南京去!"家下人只得干答应着。贾母又叫王夫人道:"你也不必哭了。如今宝玉年纪小,你疼他,他将来长大成人,为官作宰的,也未必想着你是他母亲了。你如今倒不要疼他,只怕将来还少生一口气呢!"贾政听说,忙叩头哭道:"母亲如此说,贾政无立足之地。"贾母冷笑道:"你分明使我无立足之地,你反说起你来!只是我们回去了,你心里干净,看有谁来许你打。"一面说,一面只令快打点行李车轿回去。贾政苦苦叩求认罪。

贾母一面说话,一面又记挂宝玉,忙进来看时,只见今日这顿打不比往日,又是心疼,又是生气,也抱着哭个不了。王夫人与凤姐等解劝了一会,方渐渐的止住。早有丫鬟媳妇等上来,要挽宝玉,凤姐便骂道:"糊涂东西,也不睁开眼瞧瞧!打的这么个样儿,还要挽着走!还不快进去把那藤屉子春凳抬出来呢。"众人听说连忙进去,果然抬出春凳来,将宝玉抬放凳上,随着贾母王夫人等进去,送至贾母房中。

彼时贾政见贾母气未全消,不敢自便,也跟了进去。看看宝玉,果然打重了。再看看王夫人,"儿"一声,"肉"一声,"你替珠儿早死了,留着珠儿,免你父亲生气,我也不白操这半世的心了。这会子你倘或有个好歹,丢下我,叫我靠那一个!"数落一场,又哭"不争气的儿"。贾政听了,也就灰心,自悔不该下毒手打到如此地步。先劝贾母,贾母含泪说道:"你不出去,还在这里做什么!难道于心不足,还要眼看着他死了才去不成!"贾政听说,方退了出来。

此时薛姨妈同宝钗、香菱、袭人、史湘云也都在这里。袭人满心委屈,只不好十分使出来,见众人围着,灌水的灌水,打扇的打扇,自己插不下手去,便越性走出来到二门前,令小厮们找了焙茗来细问:"方才好端端的,为什么打起来?你也不早来透个信儿!"焙茗急的说:"偏生我没在跟前,打到半中间我才听见了。忙打听原故,却是为琪官金钏姐姐的事。"袭人道:"老爷怎么得知道的?"焙茗道:"那琪官的事,多半是薛大爷素日吃醋,没法儿出气,不知在外头唆挑了谁来,在老爷跟前下的火。那金钏儿的事是三爷说的,我也是听见老爷的人说的。"袭人听了这两件事都对景,心中也就信了八九分。

三十四回 情中情因情感妹妹 错里错以错劝哥哥

……只见宝钗手里托着一丸药走进来,向袭人说道:"晚上把这药用酒研开,替他敷上,把那淤血的热毒散开,可以就好了。"说毕,递与袭人,又问道:"这会子可好些?"宝玉一面道谢说:"好了。"又让坐。宝钗见他睁开眼说话,不像先时,心中也宽慰了好些,便点头叹道:"早听人一句话,也不至今日。别说老太太、太太心疼,就是我们看着,心里也疼。"刚说了半句又忙咽住,自悔说的话急了,不觉的就红了脸,低下头来。宝玉听得这话如此亲切稠密,大有深意,忽见他又咽住不往下说,红了脸,低下头只管弄衣带,那一种娇羞怯怯,非可形容得出者,不觉心中大畅,将疼痛早丢在九霄云外,心中自思:"我不过捱了几下打,他们一个个就有这些怜惜悲感之态露出,令人可玩可观,可怜可敬。假若我一时竟遭殃横死,他们还不知是何等悲感呢！既是他们这样，我便一时死了，得他们如此，一生事业纵然尽付东流，亦无足叹惜，冥冥之中若不怡然自得，亦可谓糊涂鬼祟矣。"想着，只听宝钗问袭人道："怎么好好的动了气，就打起来了？"袭人便把焙茗的话说了出来。

宝玉原来还不知道贾环的话，见袭人说出方才知道。因又拉上薛蟠，惟恐宝钗沉心，忙又止住袭人道："薛大哥哥从来不这样的，你们不可混猜度。"宝钗听说，便知道是怕他多心，用话相拦袭人，因心中暗暗想道："打的这个形象，疼还顾不过来，还是这样细心，怕得罪了人，可见在我们身上也算是用心了。你既这样用心，何不在外头大事上作工夫，老爷也欢喜了，也不能吃这样亏。但你固然怕我沉心，所以拦袭人的话，难道我就不知我的哥哥素日恣心纵欲，毫无防范的那种心性。当日为一个秦钟，还闹的天翻地覆，自然如今比先又更利害了。"想毕，因笑道："你们也不必怨这个，怨那个。据我想，到底宝兄弟素日不正，肯和那些人来往，老爷才生气。就是我哥哥说话不防头，一时说出宝兄弟来，也不是有心调唆：一则也是本来的实话，二则他原不理论这些防嫌小事。袭姑娘从小儿只见宝兄弟这么样细心的人，你何尝见过天不怕地不怕、心里有什么口里就说什么的人。"袭人因说出薛蟠来，见宝玉拦他的话，早已明白自己说造次了，恐宝钗没意思，听宝钗如此说，更觉羞愧无言。宝玉又听宝钗这番话，一半是堂皇正大，一半是去己疑心，更觉比先畅快了。方欲说话时，只见宝钗起身说道："明儿再来看你，你好生养着罢。方才我拿了药来交给袭人，晚上敷上管就好了。"说着便走出门去。……这里宝玉昏昏默默……

忽又觉有人推他，恍恍忽忽听得有人悲戚之声。宝玉从梦中惊醒，睁眼一看，不是别人，却是林黛玉。宝玉犹恐是梦，忙又将身子欠起来，向脸上细细一认，只见两个眼睛肿的桃儿一般，满面泪光，不是黛玉，却是那个？宝玉还欲看时，怎奈下半截疼痛难忍，支援不住，便"嗳哟"一声，仍就倒下，叹了一声，说道："你又做什么跑来！虽说太阳落下去，那地上的余热未散，走两趟又要受了暑。我虽然捱了打，并不觉疼痛。我这个样儿，只装出来哄他们，好在外头布散与老爷听，其实是假的。你不可认真。"此时林黛玉虽不是嚎啕大哭，然愈是这等无声之泣，气噎喉堵，更觉得利害。听了宝玉这番话，心中虽然有万句言词，只是不能说得，半日，方抽抽噎噎的说道："你从此可都改了罢！"宝玉听说，便长叹一声，道："你放心，别说这样话。就便为这些人死了，也是情愿的！"一句话未了，只见院外人说："二奶奶来了。"林黛玉便知是凤姐来了，连忙立起身说道："我从后院子去罢，回来再来。"宝玉一把拉住道："这可奇了，好好的怎么怕起他来。"林黛玉急的跺脚，悄悄的说道："你瞧瞧我的眼睛，又该他取笑开心呢。"宝玉听说赶忙的放手。黛玉三步两步转过床后，出后院而去。凤姐从前头已进来了，问宝玉："可好些了？想什么吃，叫人往我那里取去。"接着，薛姨妈又来了。一时贾母又打发了人来。

至掌灯时分，宝玉只喝了两口汤，便昏昏沉沉的睡去……

（宝玉）因心下记挂着黛玉，满心里要打发人去，只是怕袭人，便设一法，先使袭人往宝钗那里去借书。袭人去了，宝玉便命晴雯来吩咐道："你到林姑娘那里看看他做什么呢。他要问我，只说我好了。"晴雯道："白眉赤眼，做什么去呢？到底说句话儿，也像一件事。"宝玉道："没有什么可说的。"晴雯道："若不然，或是送件东西，或是取件东西，不然我去了怎么搭讪呢？"宝玉想了一想，便伸手拿了两条手帕子撂与晴雯，笑道："也罢，就说我叫你送这个给他去了。"晴雯道："这又奇了。他要这半新不旧的两条手帕子？他又要恼了，说你打趣他。"宝玉笑道："你放心，他自然知道。"

晴雯听了，只得拿了帕子往潇湘馆来。只见春纤正在栏杆上晾手帕子，见他进来，忙摆手儿，说："睡下了。"晴雯走进来，满屋魆黑，并未点灯。黛玉已睡在床上，问是谁。晴雯忙答道："晴雯。"黛玉道："做什么？"晴雯道："二爷送手帕子来给姑娘。"黛玉听了，心中发闷："做什么送手帕子来给我？"因问："这帕子是谁送他的？必是上好的，叫他留着送别人罢，我这会子不用这个。"晴雯笑道："不是新的，就是家常旧的。"林黛玉听见，愈发闷住，着实细心搜求，思忖一时，方大悟过来，连忙说："放下，去罢。"晴雯听了，只得放下，抽身回去，一路盘算，不解何意。

这里林黛玉体贴出手帕子的意思来，不觉神魂驰荡：宝玉这番苦心，能领会我这番苦意，又令我可喜；我这番苦意，不知将来如何，又令我可悲；忽然好好的送两块旧帕子来，若不是领我深意，单看了这帕子，又令我可笑；再想令人私相传递与我，又可惧；我自己每每好哭，想来也无味，又令我可愧。如此左思右想，一时五内沸然炙起。

三十五回　白玉钏亲尝莲叶羹　黄金莺巧结梅花络

……这里林黛玉还自立于花阴之下,远远的却向怡红院内望着,只见李宫裁、迎春、探春、惜春并各项人等都向怡红院内去过之后,一起一起的散尽了,只不见凤姐儿来,心里自己盘算道:"如何他不来瞧宝玉?便是有事缠住了,他必定也是要来打个花胡哨,讨老太太和太太的好儿才是。今儿这早晚不来,必有原故。"一面猜疑,一面抬头再看时,只见花花簇簇一群人又向怡红院内来了。定眼看时,只见贾母搭着凤姐儿的手,后头邢夫人王夫人跟着周姨娘并丫鬟媳妇等人都进院去了。黛玉看了不觉点头,想起有父母的人的好处来,早又泪珠满面。少顷,只见宝钗薛姨妈等也进入去了。忽见紫鹃从背后走来,说道:"姑娘吃药去罢,开水又冷了。"黛玉道:"你到底要怎么样?只是催,我吃不吃,管你什么相干!"紫鹃笑道:"咳嗽的才好了些,又不吃药了。如今虽然是五月里,天气热,到底也该还小心些。大清早起,在这个潮地方站了半日,也该回去歇息歇息了。"一句话提醒了黛玉,方觉得有点腿酸,呆了半日,方慢慢的扶着紫鹃,回潇湘馆来。

四 甄贾宝玉

二回　贾夫人仙逝扬州城　冷子兴演说荣国府

雨村笑道："去年我在金陵，也曾有人荐我到甄府处馆。我进去看其光景，谁知他家那等显贵，却是个富而好礼之家，倒是个难得之馆。但这一个学生，虽是启蒙，却比一个举业的还劳神。说起来更可笑，他说：'必得两个女儿伴着我读书，我方能认得字，心里也明白；不然我自己心里糊涂。'又常对跟他的小厮们说：'这女儿两个字，极尊贵、极清净的，比那阿弥陀佛、元始天尊的这两个宝号还更尊荣无对的呢！你们这浊口臭舌，万不可唐突了这两个字要紧！但凡要说时，必须先用清水香茶漱了口才可；设若失错，便要凿牙穿腮等事。'其暴虐浮躁，顽劣憨痴，种种异常。只一放了学，进去见了那些女儿们，其温厚和平，聪敏文雅，竟又变了一个。因此，他令尊也曾下死笞楚过几次，无奈竟不能改。每打的吃疼不过时，他便'姐姐''妹妹'乱叫起来。后来听得里面女儿们拿他取笑：'因何打急了只管叫姊妹作甚？莫不是求姐妹去说情讨饶？你岂不愧些！'他回答的最妙。他说：'急疼之时，只叫"姐姐""妹妹"字样，或可解疼也未可知，因叫了一声，便果觉不疼了，遂得了秘法：每疼痛之极，便连叫姐妹起来了。'你说可笑不可笑？也因祖母溺爱不明，每因孙辱师责子，因此我就辞了馆出来。如今在巡盐御史林家做馆了……"

十六回　贾元春才选凤藻宫　秦鲸卿夭逝黄泉路

赵嬷嬷道："……（以前）江南的甄家，嗳哟哟，好势派！独他家接驾四次，若不是我们亲眼看见，告诉谁谁也不信的……"

五十六回　敏探春兴利除宿弊　贤宝钗小惠全大体

只见林之孝家的进来，说："江南甄府里家眷昨日到京，今日进宫朝贺。此刻先遣人来送礼请安。"……贾母因说："这甄家又不与别家相同，上等赏封儿赏男人。怕展眼又打发女人来请安，预备下尺头。"一语未完，果然人回："甄府四个女人来请安。"贾母听了，忙命人带进来。

那四个人都是四十往上的年纪，穿戴之物，皆比主子不甚差别。请安问好毕……贾母又问："你这哥儿也跟着你们老太太？"四人回说："也是跟着老太太。"贾母道："几岁了？"又问："上学不曾？"四人笑说："今年十三岁。因长得齐整，老太太很疼，自幼淘气异常，天天逃学，老爷、太太也不便十分管教。"贾母笑道："也不成了我们家的了！你这哥儿叫什么名字？"四人道："因老太太当作宝贝一样，他又生得白，老太太便叫作宝玉。"贾母笑向李纨等道："偏也叫作个宝玉。"李纨等忙欠身笑道："从古至今，同时隔代，重名的很多。"四人也笑道："起了这小名儿之后，我们上下都疑惑，不知哪位亲友家也倒似曾有一个的。只是这十来年没进京来，却记不得真了。"贾母笑道："岂敢，就是我的孙子。人来！"众媳妇、丫头答应了一声，走近几步。贾母笑道："园里把咱们的宝玉叫了来，给这四个管家娘子瞧瞧，比他们的宝玉如何？"

众媳妇听了，忙去了；半刻，围了宝玉进来。四人一见，忙起身笑道："唬了我们一跳。若是我们不进府来，倘若别处遇见，还只当我们的宝玉后赶着也进了京了呢。"一面说，一面都上来拉他的手，问长问短。宝玉忙也笑问好。贾母笑道："比你们的长得如何？"李纨等笑道："四位妈妈才一说，可知是模样相仿了。"贾母笑道："哪有这样巧事？大家子孩子们再养得娇嫩，除了脸上有残疾，十分黑丑的，大概看去都是一样的齐整。这也没有什么怪处。"四人笑道："如今看来，模样是一样。据老太太说，淘气也一样。我们看来，这位哥儿性情，却比我们的好些。"贾母忙问："怎见得？"四人笑道："方才我们拉哥儿的手说话便知。我们那一个，只说我们糊涂，慢说拉手，他的东西，我们略动一动也不依。所使唤的人都是女孩子们。"四人未说完，李纨姊妹等禁不住都失声笑出来。

贾母也笑道："我们这会子也打发人去见了你们宝玉，若拉他的手，他也自然勉强忍耐一时。可知你我这样人家的孩子们，凭他们有什么刁钻古怪的毛病儿，见了外人，必是要还出正经礼数来的。若他不还正经礼数，也断不容他刁钻去了。就是大人溺爱的，是他一则生得得人意，二则见人礼数，竟比大人行出来的不错，使人见了可爱可怜，背地里所以才纵他一点子。若一味他只管没里没外，不与大人争光，凭他生得怎样，也是该打死的。"四人听了，都笑说："老太太这话正是。虽然我们宝玉淘气古怪，有时见了人客，规矩礼数，更比大人有。所以无人见了不爱，只说：'为什么还打他。'殊不知他在家里无法无天，大人想不到的话偏会说，想不到的事他偏要行，所以老爷、太太恨得无法。就是弄性，也是小孩子的常情，胡乱花费，这也是公子哥儿的常情，怕上学，也是小孩子的常情，都还治得过来。第一，天生下来这一种刁钻古怪的脾气，如何使得！"

（贾宝玉）看湘云病去，史湘云说他："你放心闹罢，先是'单丝不成线，独树不成林'，如今有了个对子，闹急了，再打狠了，你逃走到南京找那一个去。"宝玉道："哪里的谎话，你也信了，偏又有个宝玉？"湘云道："怎么列国有个蔺相如，汉朝又有个司马相如呢？"宝玉笑道："这也罢了，偏又模样儿也一样，这是没有的事。"湘云道："怎么匡人看见孔子，只当是阳虎呢？"宝玉笑道："孔子阳虎虽同貌，却不同姓，蔺与司马虽同名，而又不同貌，偏我和他就两样俱同不成？"湘云没了话答对，因笑道："你只会胡搅，我也不和你分证。有也罢，没也罢，与我无干。"

宝玉心中便又疑惑起来："若说必无，然亦似必有；若说必有，又并无目睹。"心中闷闷，回至房中榻上默默盘算，不觉就忽忽的睡去，不觉竟到了一座花园之内。宝玉诧异道："除了我们大观园，更又有这一个园子？"正疑惑间，从那边来了几个女儿，都是丫鬟。宝玉又诧异道："除了鸳鸯，袭人，平儿之外，也竟还有这一干人？"只见那些丫鬟笑道："宝玉怎么跑到这里来了？"宝玉只当是说他，自己忙来陪笑，说道："因我偶步到此，不知是哪位世交的花园。好姐姐们，带我逛逛。"众丫鬟都笑道："原来不是咱们家的宝玉。他生得倒也还干净，嘴儿也倒乖觉。"宝玉听了忙道："姐姐们，这里也竟还有个宝玉？"丫鬟们忙道："'宝玉'二字，我们是奉老太太、太太之命，为保佑他延寿消灾的。我们叫他，他听见喜欢。你是哪里远方来的臭小厮，也乱叫起他来！仔细你的臭肉，打不烂你的！"又一个丫鬟笑道："咱们快走罢，别叫宝玉看见。"又说："同这臭小厮说了话，把咱熏臭了！"说着，一逛去了。

宝玉纳闷道："从来没有人如此荼毒我，他们如何竟还这样？真亦有我这样一个人不成？"一面想，一面顺步早到了一所院内。宝玉又诧异道："除了怡红院，也竟还有这么一个院落？"忽上了台几，进入屋内，只见榻上有一个人卧着，那边有几个女孩儿做针线，也有嘻笑玩耍的。只见榻上那个少年叹了一声。一个丫鬟笑问道："宝玉，你不睡又叹什么？想必为你妹妹病了，你又胡愁乱恨呢。"

宝玉听说，心下也便吃惊。只见榻上少年说道："我听见老太太说，长安都中也有个宝玉，和我一样的性情，我只不信。我才做了一个梦，竟梦中到了都中一个花园子里头，遇见几个姐姐，都叫我臭小厮，不理我。好容易找到他房里头，偏他睡觉，空有皮囊，真性不知哪里去了。"宝玉听说，忙说道："我因找宝玉来到这里。原来你就是宝玉！"榻上的忙下来拉住："原来你就是宝玉！这可不是梦里了？"宝玉道："这如何是梦？真而又真了。"一语未了，只见人来说："老爷叫宝玉。"唬得二人皆慌了。一个宝玉就走，一个宝玉便忙叫："宝玉快回来，快回来！"

袭人在旁，听他梦中自唤，忙推醒他，笑问道："宝玉在哪里？"此时宝玉虽醒，神意尚恍惚，因向门外指说："才出去了。"袭人笑道："那是你梦迷了。你揉眼细瞧瞧，是镜子里照的你影儿。"宝玉向前瞧了一瞧，原是那嵌的大镜对面相照，自己也笑了。……

五十七回　慧紫鹃情辞试忙玉　慈姨妈爱语慰痴颦

……宝玉听王夫人唤他，忙至前边来，原来是王夫人要带他拜甄夫人去。宝玉自是欢喜，忙去换衣服，跟了王夫人到那里。见其家中形景，自与荣、宁不甚差别，或有一二稍盛者。细问，果有一宝玉。甄夫人留席，竟日方回，宝玉方信。

七十五回　开夜宴异兆发悲音　赏中秋新词得佳谶

尤氏听了道："昨日听见你爷说，看邸报甄家犯了罪，现今抄没家私,调取进京治罪。怎么又有人来?"老嬷嬷道:"正是呢。才来了几个女人,气色不成气色,慌慌张张的,想必有什么瞒人的事情,也是有的。"

一百一十四回　王熙凤历幻返金陵　甄应嘉蒙恩还玉阙

门上的进来回道:"江南甄老爷到来了。"贾政便问道:"甄老爷进京为什么?"那人道:"奴才也打听了,说是蒙圣恩起复了。"……即是甄宝玉之父,名叫甄应嘉,表字友忠,也是金陵人氏,功勋之后。原与贾府有亲,素来走动的。因前年挂误革了职,动了家产。今遇主上眷念功臣,赐还世职,行取来京陛见……甄应嘉出来,两人上去请安。应嘉一见宝玉,呆了一呆,心想:"这个怎么甚像我家宝玉?只是浑身缟素。"……应嘉拍手道奇:"我在家听见说老亲翁有个衔玉生的爱子,名叫宝玉。因与小儿同名,心中甚为罕异。后来想着这个也是常有的事,不在意了。岂知今日一见,不但面貌相同,且举止一般,这更奇了。"问起年纪,比这里的哥儿略小一岁。

一百一十五回　惑偏私惜春矢素志　证同类宝玉失相知

只听外头传进来说:"甄家的太太带了他们家的宝玉来

了。"……贾政见甄宝玉相貌果与宝玉一样,试探他的文才,竟应对如流,甚是心敬,故叫宝玉等三人出来,警励他们;再者,到底叫宝玉来比一比。宝玉听命,穿了素服,带了兄弟、侄儿出来,见了甄宝玉,竟是旧相识一般。那甄宝玉也像那里见过的。

且说贾宝玉见了甄宝玉,想到梦中之景,并且素知甄宝玉为人,必是和他同心,以为得了知己。因初次见面,不便造次。且又贾环、贾兰在坐,只有极力夸赞说:"久仰芳名,无由亲炙,今日见面,真是谪仙一流的人物。"那甄宝玉素来也知贾宝玉的为人,今日一见,果然不差,"只是可与我共学,不可与你适道。他既和我同名同貌,也是三生石上的旧精魂了。既我略知了些道理,怎么不和他讲讲?但是初见,尚不知他的心与我同不同,只好缓缓的来。"便道:"世兄的才名,弟所素知的。在世兄是数万人的里头选出来最清最雅的,在弟是庸庸碌碌一等愚人,忝附同名,殊觉玷辱了这两个字。"贾宝玉听了,心想:"这个人果然同我的心一样的。但是你我都是男人,不比那女孩儿们清洁,怎么他拿我当作女孩儿看待起来?"便道:"世兄谬赞,实不敢当。弟是至浊至愚,只不过一块顽石耳,何敢比世兄品望高清,实称此两字。"甄宝玉道:"弟少时不知分量,自谓尚可琢磨。岂知家遭消索,数年来更比瓦砾犹贱,虽不敢说历尽甘苦,然世道人情略略的领悟了好些。世兄是锦衣玉食,无不遂心的,必是文章经济高出人上,所以老伯钟爱,将为席上之珍。弟所以才说尊名方称。"

贾宝玉听这话头,又近了禄蠹的旧套,想话回答。贾环见未与他说话,心中早不自在。倒是贾兰听了这话,甚觉合意,便说道:"世叔所言,固是太谦,若论到文章经济,实在从历练中出来的方为真才实学。在小侄年幼,虽不知文章为何物,然将读过的,细味起来,那膏粱文绣,比着令闻广誉,真是不啻百倍的了。"甄宝玉未及答言,贾宝玉听了兰儿的话,心里愈发不合,想道:"这孩子从几时也学了这一派酸论。"便说道:"弟闻得世兄也诋尽流俗,性情中另有一番见解。今日弟幸会芝范,想欲领教一番超凡入圣的道理,从此可以净洗俗肠,重开眼界。不意视弟为蠢物,所以将世路的话来酬应。"甄宝玉听说,心里晓得:"他知我少年的性情,所以疑我为假。我索性把话说明,或者与我作个知心朋友,也是好的。"便说道:"世兄高论,固是真切。但弟少时也曾深恶那些旧套陈言,只是一年长似一年,家君致仕在家,懒于酬应,委弟接待。后来见过那些大人先生,尽都是显亲扬名的人;便是着书立说,无非言忠言孝,自有一番立德立言的事业,方不枉生在圣明之时,也不致负了父亲师长养育教诲之恩,所以把少时那一派迂想痴情,渐渐的淘汰了些。如今尚欲访师觅友,教导愚蒙,幸会世兄,定当有以教我。适才所言,并非虚意。"贾宝玉愈听愈不耐烦,又不好冷淡,只得将言语支吾。

且说宝玉自那日见了甄宝玉之父,知道甄宝玉来京,朝夕盼望。今儿见面,原想得一知己,岂知谈了半天,竟有些冰炭不投。闷闷的回到自己房中,也不言,也不笑,只管发怔。

五 宝钗扑蝶

二十七回　滴翠亭杨妃戏彩蝶　埋香冢飞燕泣残红

（这一天"未时交芒种节"，大观园的姑娘们都出来玩耍，独不见黛玉，宝钗要到潇湘馆去找黛玉）

（宝钗）便逶迤往潇湘馆来。忽然抬头见宝玉进去了，宝钗便站住低头想了想：宝玉和林黛玉是从小儿一处长大，他兄妹间多有不避嫌疑之处，嘲笑喜怒无常；况且林黛玉素习猜忌，好弄小性儿的。此刻自己也跟了进去，一则宝玉不便，二则黛玉嫌疑。罢了，倒是回来的妙。想毕抽身回来。

刚要寻别的姊妹去，忽见前面一双玉色蝴蝶，大如团扇，一上一下迎风翩跹，十分有趣。宝钗意欲扑了来玩耍，遂向袖中取出扇子来，向草地下来扑。只见那一双蝴蝶忽起忽落，来来往往，穿花度柳，将欲过河去了。倒引的宝钗蹑手蹑脚的，一直跟到池中滴翠亭上，香汗淋漓，娇喘细细。宝钗也无心扑了，刚欲回来，只听滴翠亭里边喊喊喳喳有人说话。原来这亭子四面俱是游廊曲桥，盖造在池中水上，四面雕镂槅子糊着纸。

宝钗在亭外听见说话，便煞住脚往里细听，只听说道："你瞧瞧这手帕子，果然是你丢的那块，你就拿着，要不是，就还芸二爷去。"又有一人说话："可不是我那块！拿来给我罢。"又听道："你拿了什么谢我呢？难道白寻了来不成。"又答道："我既然许了谢你，自然不哄你。"又听说道："我寻了来给你，自然谢我，但只是拣的人，你就不拿什么谢他？"又回道："你别胡说。他是个爷们家，拣了我的东西，自然该还的。我拿什么谢他呢？"又听说道："你不谢他，我怎么回他呢？况且他再三再四的和我说了，若没谢的，不许我给你呢。"半晌，又听答道："也罢，拿我这个给他，算谢他的罢。——你要告诉别人呢？须说个誓来。"又听说道："我要告诉一个人，就长一个疔，日后不得好死！"又听说道："嗳呀！咱们只顾说话，看有人来悄悄在外头听见。不如把这槅子都推开了，便是有人见咱们在这里，他们只当我们说顽话呢。若走到跟前，咱们也看的见，就别说了。"

宝钗在外面听见这话，心中吃惊，想道："怪道从古至今那些奸淫狗盗的人，心机都不错。这一开了，见我在这里，他们岂不臊了。况才说话的语音，大似宝玉房里的红儿的言语。他素昔眼空心大，是个头等刁钻古怪东西。今儿我听了他的短儿，一时人急造反，狗急跳墙，不但生事，而且我还没趣。如今便赶着躲了，料也躲不及，少不得要使个'金蝉脱壳'的法子。"犹未想完，只听"咯吱"一声，宝钗便故意放重了脚步,笑着叫道:"颦儿,我看你往那里藏!"一面说,一面故意往前赶。那亭内的红玉坠儿刚一推窗,只听宝钗如此说着往前赶,两个人都唬怔了。宝钗反向他二人笑道:"你们把林姑娘藏在那里了?"坠儿道:"何曾见林姑娘了。"宝钗道:"我才在河那边看着林姑娘在这里蹲着弄水儿的。我要悄悄的唬他一跳,还没有走到跟前,他倒看见我了,朝东一绕就不见了。别是藏在这里头了。"一面说,一面故意进去寻了一寻,抽身就走,口内说道:"一定是又钻在山子洞里去了。遇见蛇,咬一口也罢了。"一面说一面走,心中又好笑:这件事算遮过去了,不知他二人是怎样。

谁知红玉听了宝钗的话,便信以为真,让宝钗去远,便拉坠儿道:"了不得了!林姑娘蹲在这里,一定听了话去了!"坠儿听说,也半日不言语。红玉又道:"这可怎么样呢?"坠儿道:"便是听了,管谁筋疼,各人干各人的就完了。"红玉道:"若是宝姑娘听见,还倒罢了。林姑娘嘴里又爱刻薄人,心里又细,他一听见了,倘或走露了风声,怎么样呢?"二人正说着,只见文官、香菱、司棋、待书等上亭子来了。二人只得掩住这话,且和他们玩笑。

三十回　宝钗借扇机带双敲　龄官划蔷痴及局外

宝玉道:"姐姐怎么不看戏去?"宝钗道:"我怕热,看了两出,热的很。要走,客又不散。我少不得推身上不好,就来了。"宝玉听说,自己由不得脸上没意思,只得又搭讪笑道:

"怪不得他们拿姐姐比杨妃,原来也体丰怯热。"宝钗听说,不由的大怒,待要怎样,又不好怎样。回思了一回,脸红起来,便冷笑了两声,说道:"我倒像杨妃,只是没一个好哥哥好兄弟可以做得杨国忠的!"二人正说着,可巧小丫头靛儿因不见了扇子,和宝钗笑道:"必是宝姑娘藏了我的。好姑娘,赏我罢。"宝钗指他道:"你要仔细!我和你玩过,你再疑我。和你素日嘻皮笑脸的那些姑娘们跟前,你该问他们去。"说的个靛儿跑了。宝玉自知又把话说造次了,当着许多人,更比才在林黛玉跟前更不好意思,便急回身又同别人搭讪去了。

　　林黛玉听见宝玉奚落宝钗,心中着实得意,才要搭言也趁势儿取个笑,不想靛儿因找扇子,宝钗又发了两句话,他便改口笑道:"宝姐姐,你听了两出什么戏?"宝钗因见林黛玉面上有得意之态,一定是听了宝玉方才奚落之言,遂了他的心愿,忽又见问他这话,便笑道:"我看的是李逵骂了宋江,后来又赔不是。"宝玉便笑道:"姐姐通今博古,色色都知道,怎么连这一出戏的名字也不知道,就说了这么一串子。这叫《负荆请罪》。"宝钗笑道:"原来这叫作《负荆请罪》!你们通今博古,才知道'负荆请罪',我不知道什么是'负荆请罪'!"一句话还未说完,宝玉林黛玉二人心里有病,听了这话早把脸羞红了。凤姐于这些上虽不通达,但见他三人形景,便知其意,便也笑着问人道:"你们大暑天,谁还吃生姜呢?"众人不解其意,便说道:"没有吃生姜。"凤姐故意用手摸着腮,诧异道:"既没人吃姜,怎么这么辣辣的?"宝玉黛玉二人听见这话,愈发不好过了……

来到王夫人上房内。只见几个丫头子手里拿着针线，却打盹儿呢。王夫人在里间凉榻上睡着，金钏儿坐在旁边捶腿，也乜斜着眼乱晃。

宝玉轻轻的走到跟前，把他耳上带的坠子一摘，金钏儿睁开眼，见是宝玉。宝玉悄悄的笑道："就困的这么着？"金钏儿抿嘴一笑，摆手令他出去，仍合上眼，宝玉见了他，就有些恋恋不舍的，悄悄的探头瞧瞧王夫人合着眼，便自己向身边荷包里带的香雪润津丹掏了出来，便向金钏儿口里一送。金钏儿并不睁眼，只管嘁了。宝玉上来便拉着手，悄悄的笑道："我明日和太太讨你，咱们在一处罢。"金钏儿不答。宝玉又道："不然，等太太醒了我就讨。"金钏儿睁开眼，将宝玉一推，笑道："你忙什么！'金簪子掉在井里头，有你的只是有你的'，连这句话语难道也不明白？我倒告诉你个巧宗儿，你往东小院子里拿环哥儿同彩云去。"宝玉笑道："凭他怎么去罢，我只守着你。"只见王夫人翻身起来，照金钏儿脸上就打了个嘴巴子，指着骂道："下作小娼妇，好好的爷们，都叫你教坏了。"宝玉见王夫人起来，早一溜烟去了。

这里金钏儿半边脸火热，一声不敢言语。登时众丫头听见王夫人醒了，都忙进来。王夫人便叫玉钏儿："把你妈叫来，带出你姐姐去。"金钏儿听说，忙跪下哭道："我再不敢了。太太要打骂，只管发落，别叫我出去就是天恩了。我跟了太太十来年，这会子撵出去，我还见人不见人呢！"王夫人固然是个宽仁慈厚的人，从来不曾打过丫头们一下，今忽见金钏儿行此无耻之事，此乃平生最恨者，故气忿不过，打了一下，骂了几句。虽金钏儿苦求，亦不肯收留，到底唤了金钏儿之母白老媳妇来领了下去。那金钏儿含羞忍辱的出去，不在话下。

三十二回　诉肺腑心迷活宝玉　含耻辱情烈死金钏

却说宝钗来至王夫人处，只见鸦雀无闻，独有王夫人在里间房内坐着垂泪。宝钗便不好提这事，只得一旁坐了……王夫人点头哭道："你可知道一桩奇事？金钏儿忽然投井死了！"宝钗见说，道："怎么好好的投井？这也奇了。"王夫人道："原是前儿他把我一件东西弄坏了，我一时生气，打了他几下，撵了他下去。我只说气他两天，还叫他上来，谁知他这么气性大，就投井死了。岂不是我的罪过。"宝钗叹道："姨娘是慈善人，固然这么想。据我看来，他并不是赌气投井。多半他下去住着，或是在井跟前憨玩，失了脚掉下去的。他在上头拘束惯了，这一出去，自然要到各处去玩玩逛逛，岂有这样大气的理！纵然有这样大气，也不过是个糊涂人，也不为可惜。"王夫人点头叹道："这话虽然如此说，到底我心不安。"宝钗叹道："姨娘也不必念念于兹，十分过不去，不过多赏他几两银子发送他，也就尽主仆之情了。"王夫人道："刚才我赏了他娘五十两银子，原要还把你妹妹们的新衣服拿两套给他妆裹。谁知凤丫头说可巧都没什么新做的衣服，只有你林妹妹作生日的两套。我想你林妹妹那个孩子素日是个有心的，况且他也三灾八难的，既说了给他过生日，这会子又给人妆裹去，岂不忌讳。因为这么样，我现叫裁缝赶两套给他。要是别的丫头，赏他几两银子就完了,只是金钏儿虽然是个丫头,素日在我跟前比我的女儿也差不多。"口里说着,不觉泪下。宝钗忙道:"姨娘这会子又何用叫裁缝赶去,我前儿倒做了两套,拿来给他岂不省事。况且他活着的时候也穿过我的旧衣服,身量又相对。"王夫人道:"虽然这样,难道你不忌讳?"宝钗笑道:"姨娘放心,我从来不计较这些。"一面说,一面起身就走。王夫人忙叫了两个人来跟宝姑娘去。

  一时宝钗取了衣服回来,只见宝玉在王夫人旁边坐着垂泪。王夫人正才说他,因宝钗来了,却掩了口不说了。宝钗见此光景,察言观色,早知觉了八分,于是将衣服交割明白。王夫人将他母亲叫来拿了去。再看下回便知。

六　麝月掣签

二十回　王熙凤正言弹妒意　林黛玉俏语谑娇音

……彼时晴雯、绮霰、秋纹、碧痕都寻热闹,找鸳鸯琥珀等耍戏去了,独见麝月一个人在外间房里灯下抹骨牌。宝玉笑问道:"你怎不同他们玩去?"麝月道:"没有钱。"宝玉道:"床底下堆着那么些,还不够你输的?"麝月道:"都玩去了,这屋里交给谁呢?那一个又病了。满屋里上头是灯,地下是火。那些老妈妈子们,老天拔地,服侍一天,也该叫他们歇歇;小丫头子们也是服侍了一天,这会子还不叫他们玩玩去。所以让他们都去罢,我在这里看着。"

宝玉听了这话,公然又是一个袭人。因笑道:"我在这里坐着,你放心去罢。"麝月道:"你既在这里,愈发不用去了,咱们两个说话玩笑岂不好?"宝玉笑道:"咱两个作什么呢?怪没意思的。也罢了,早上你说头痒,这会子没什么事,我替你篦头罢。"麝月听了便道:"就是这样。"说着,将文具镜匣搬来，卸去钗钏，打开头发，宝玉拿了篦子替他一一的梳篦。只篦了三五下，只见晴雯忙忙走进来取钱。一见了他两个，便冷笑道："哦，交杯盏还没吃，倒上头了！"宝玉笑道："你来，我也替你篦一篦。"晴雯道："我没那么大福。"说着，拿了钱，便摔帘子出去了。

宝玉在麝月身后，麝月对镜，二人在镜内相视。宝玉便向镜内笑道："满屋里就只是他磨牙。"麝月听说，忙向镜中摆手。宝玉会意。忽听忽一声帘子响，晴雯又跑进来问道："我怎么磨牙了？咱们倒得说说。"麝月笑道："你去你的罢，又来问人了。"晴雯笑道："你又护着。你们那瞒神弄鬼的，我都知道。等我捞回本儿来再说话。"说着，一径出去了。这里宝玉通了头，命麝月悄悄的服侍他睡下，不肯惊动袭人。一宿无话。

六十三回　寿怡红群芳开夜宴　死金丹独艳理亲丧

（大伙抽花签）宝钗便笑道："我先抓，不知抓出个什么来。"说着，将筒摇了一摇，伸手掣出一根，大家一看，只见签上画着一支牡丹，题着"艳冠群芳"四字，下面又有镌的小字一句唐诗，道是：任是无情也动人。

又注着："在席共贺一杯，此为群芳之冠，随意命人，不拘诗词雅谑，道一则以侑酒。"众人看了，都笑说："巧的很，你也原配牡丹花。"说着，大家共贺了一杯。宝钗吃过，便笑说："芳官唱一支我们听罢。"芳官道："既这样，大家吃门杯好听的。"于是大家吃酒。芳官便唱:"寿筵开处风光好。"众人都道:"快打回去。这会子很不用你来上寿,拣你极好的唱来。"芳官只得细细的唱了一支《赏花时》:

翠凤毛翎扎帚叉,闲踏天门扫落花。您看那风起玉尘沙。猛可的那一层云下,抵多少门外即天涯。您再休要剑斩黄龙一线儿差,再休向东老贫穷卖酒家。您与俺眼向云霞。洞宾呵,您得了人可便早些儿回话,若迟呵,错教人留恨碧桃花。

才罢。宝玉却只管拿着那签,口内颠来倒去念"任是无情也动人",听了这曲子,眼看着芳官不语。湘云忙一手夺了,掷与宝钗。宝钗又掷了一个十六点,数到探春,探春笑道:"我还不知得个什么呢。"伸手掣了一根出来,自己一瞧,便掷在地下,红了脸,笑道:"这东西不好,不该行这令。这原是外头男人们行的令,许多混话在上头。"众人不解,袭人等忙拾了起来,众人看上面是一枝杏花,那红字写着"瑶池仙品"四字,诗云:"日边红杏倚云栽。"注云:"得此签者,必得贵婿,大家恭贺一杯,共同饮一杯。"众人笑道:"我说是什么呢。这签原是闺阁中取戏的,除了这两三根有这话的,并无杂话,这有何妨。我们家已有了个王妃,难道你也是王妃不成。大喜,大喜。"说着,大家来敬。探春那里肯饮,却被史湘云、香菱、李纨等三四个人强死强活灌了下去。探春只命触了这个,再行别的,众人断不肯依。湘云拿着他的手强掷了个十九点出来,便该李氏掣。李氏摇了一摇,掣出一根来一看,笑道:"好极。你

们瞧瞧,这劳什子竟有些意思。"众人瞧那签上,画着一枝老梅,是写着"霜晓寒姿"四字,那一面旧诗是:

竹篱茅舍自甘心。

注云:"自饮一杯,下家掷骰。"李纨笑道:"真有趣,你们掷去罢。我只自吃一杯,不问你们的废与兴。"说着,便吃酒,将骰过与黛玉。黛玉一掷,是个十八点,便该湘云掣。湘云笑着,揎拳掳袖的伸手掣了一根出来。大家看时,一面画着一枝海棠,题着"香梦沉酣"四字,那面诗道是:

只恐夜深花睡去。

黛玉笑道:"'夜深'两个字,改'石凉'两个字。"众人便知他趣白日间湘云醉卧的事,都笑了。湘云笑指那自行船与黛玉看,又说"快坐上那船家去罢,别多话了"。众人都笑了。因看注云:"既云'香梦沉酣',掣此签者不便饮酒,只令上下二家各饮一杯。"湘云拍手笑道:"阿弥陀佛,真真好签!"恰好黛玉是上家,宝玉是下家。二人斟了两杯只得要饮。宝玉先饮了半杯,瞅人不见,递与芳官,端起来便一扬脖。黛玉只管和人说话,将酒全折在漱盂内了。湘云便绰起骰子来一掷个九点,数去该麝月。麝月便掣了一根出来。大家看时,这面上一枝荼蘼花,题着"韶华胜极"四字,那边写着一句旧诗,道是:

开到荼蘼花事了。

注云："在席各饮三杯送春。"麝月问怎么讲，宝玉愁眉忙将签藏了说："咱们且喝酒。"说着大家吃了三口，以充三杯之数。

五十八回　杏子阴假凤泣虚凰　茜纱窗真情揆痴理

（芳官的干娘打芳官）袭人唤麝月道："我不会和人拌嘴，晴雯性太急，你快过去震吓他两句。"

麝月听了，忙过来说道："你且别嚷。我且问你，别说我们这一处，你看满园子里，谁在主子屋里教导过女儿的？便是你的亲女儿，既分了房，有了主子，自有主子打得骂得，再者大些的姑娘姐姐们打得骂得，谁许老子娘又半中间管闲事了？都这样管，又要叫他们跟着我们学什么？愈老愈没了规矩！你见前儿坠儿的娘来吵，你也来跟他学？你们放心，因连日这个病那个病，老太太又不得闲心，所以我没回。等两日消闲了，咱们痛回一回，大家把威风煞一煞儿才好。宝玉才好了些，连我们不敢大声说话，你反打的人狼号鬼叫的。上头能出了几日门，你们就无法无天的，眼睛里没了我们，再两天你们就该打我们了。他不要你这干娘，怕粪草埋了他不成？"宝玉恨的用拄杖敲着门槛子说道："这些老婆子都是些铁心石头肠子，也是件大奇的事。不能照看，反倒折挫，天长地久，如何是好！"晴雯道："什么'如何是好'，都撵了出去，不要这些中看不中吃的！"那婆子羞愧难当，一言不发。

七 晴雯撕扇

三十一回　撕扇子做千金一笑　回麒麟伏白首双星

……宝玉心中闷闷不乐，回至自己房中长吁短叹。偏生晴雯上来换衣服，不防又把扇子失了手跌在地下，将股子跌折。宝玉因叹道："蠢才，蠢才！将来怎么样？明日你自己当家立事，难道也是这么顾前不顾后的？"晴雯冷笑道："二爷近来气大的很，行动就给脸子瞧。前儿连袭人都打了，今儿又来寻我们的不是。要踢要打凭爷去。就是跌了扇子，也是平常的事。先时连那么样的玻璃缸、玛瑙碗不知弄坏了多少，也没见个大气儿，这会子一把扇子就这么着了。何苦来！要嫌我们就打发我们，再挑好的使。好离好散的，倒不好？"宝玉听了这些话，气的浑身乱战，因说道："你不用忙，将来有散的日子！"

袭人在那边早已听见，忙赶过来向宝玉道："好好的，又怎么了？可是我说的'一时我不到，就有事故儿'。"晴雯听了冷笑道："姐姐既会说，就该早来，也省了爷生气。自古以来，就是你一个人服侍爷的，我们原没服侍过。因为你服侍的好，昨日才挨窝心脚；我们不会服侍的，到明儿还不知是个什么罪呢！"袭人听了这话，又是恼，又是愧，待要说几句话，又见宝玉已经气的黄了脸，少不得自己忍了性子，推晴雯道："好妹妹，你出去逛逛，原是我们的不是。"晴雯听他说"我们"两个字，自然是他和宝玉了，不觉又添了酸意，冷笑几声，道："我倒不知道你们是谁，别教我替你们害臊了！便是你们鬼鬼祟祟干的那事儿，也瞒不过我去，那里就称起'我们'来了。明公正道，连个姑娘还没挣上去呢，也不过和我似的，那里就称上'我们'了！"袭人羞的脸紫胀起来，想一想，原来是自己把话说错了。宝玉一面说："你们气不忿，我明儿偏抬举他。"袭人忙拉了宝玉的手道："他一个糊涂人，你和他分证什么？况且你素日又是有担待的，比这大的过去了多少，今儿是怎么了？"晴雯冷笑道："我原是糊涂人，那里配和我说话呢！"袭人听说道："姑娘倒是和我拌嘴呢，是和二爷拌嘴呢？要是心里恼我，你只和我说，不犯着当着二爷吵；要是恼二爷，不该这么吵的万人知道。我才也不过为了事，进来劝开了，大家保重。姑娘倒寻上我的晦气。又不像是恼我，又不像是恼二爷，夹枪带棒，终久是个什么主意？我就不多说，让你说去。"说着便往外走。宝玉向晴雯道："你也不用生气，我也猜着你的心事了。我回太太去，你也大了，打发你出去好不好？"晴雯听见了这话，不觉又伤心起来，含泪说道："为什么我出去？要嫌我，变着法儿打发我出去，也不能够。"宝玉道："我何曾经过这个吵闹?一定是你要出去了。不如回太太,打发你去吧!"说着,站起来就要走。袭人忙回身拦住,笑道:"往那里去?"宝玉道:"回太太去。"袭人笑道:"好没意思!真个的去回,你也不怕臊了?便是他认真的要去,也等把这气下去了,等无事中说话儿回了太太也不迟。这会子急急的当作一件正经事去回,岂不叫太太犯疑?"宝玉道:"太太必不犯疑,我只明说是他闹着要去的。"晴雯哭道:"我多早晚闹着要去了?饶生了气,还拿话压派我。只管去回,我一头碰死了也不出这门儿。"宝玉道:"这也奇了。你又不去,你又闹些什么?我经不起这吵,不如去了倒干净。"说着一定要去回。袭人见拦不住,只得跪下了。碧痕、秋纹、麝月等众丫鬟见吵闹,都鸦雀无闻的在外头听消息,这会子听见袭人跪下央求,便一齐进来都跪下了。宝玉忙把袭人扶起来,叹了一声,在床上坐下,叫众人起去,向袭人道:"叫我怎么样才好!这个心使碎了也没人知道。"说着不觉滴下泪来。袭人见宝玉流下泪来,自己也就哭了。……

晚间回来,已带了几分酒,踉跄来至自己院内,只见院中早把乘凉枕榻设下,榻上有个人睡着。宝玉只当是袭人,一面在榻沿上坐下,一面推他,问道:"疼的好些了?"只见那人翻身起来说:"何苦来,又招我!"宝玉一看,原来不是袭人,却是晴雯。宝玉将他一拉,拉在身旁坐下,笑道:"你的性子愈发惯娇了。早起就是跌了扇子,我不过说了那两句,你就说上那些话。说我也罢了,袭人好意来劝,你又括上他,你自己想想,该不该?"晴雯道:"怪热的,拉拉扯扯作什么!叫人来看见像什么！我这身子也不配坐在这里。"宝玉笑道："你既知道不配，为什么睡着呢？"晴雯没的话，嗤的又笑了，说："你不来便使得，你来了就不配了。起来，让我洗澡去。袭人麝月都洗了澡。我叫了他们来。"宝玉笑道："我才又吃了好些酒，还得洗一洗。你既没有洗，拿了水来咱们两个洗。"晴雯摇手笑道："罢，罢，我不敢惹爷。还记得碧痕打发你洗澡，足有两三个时辰，也不知道作什么呢。我们也不好进去的。后来洗完了，进去瞧瞧，地下的水淹着床腿，连席子上都汪着水，也不知是怎么洗了，笑了几天。我也没那工夫收拾，也不用同我洗去。今儿也凉快，那会子洗了，可以不用再洗。我倒舀一盆水来，你洗洗脸通通头。才刚鸳鸯送了好些果子来，都湃在那水晶缸里呢，叫他们打发你吃。"

宝玉笑道："既这么着，你也不许洗去，只洗洗手来拿果子来吃罢。"晴雯笑道："我慌张的很，连扇子还跌折了，那里还配打发吃果子。倘或再打破了盘子，还更了不得呢。"宝玉笑道："你爱打就打，这些东西原不过是借人所用，你爱这样，我爱那样，各自性情不同。比如那扇子原是扇的，你要撕着玩也可以使得，只是不可生气时拿他出气。就如杯盘，原是盛东西的，你喜听那一声响，就故意的碎了也可以使得，只是别在生气时拿他出气。这就是爱物了。"晴雯听了，笑道："既这么说，你就拿了扇子来我撕。我最喜欢撕的。"宝玉听了，便笑着递与他。晴雯果然接过来，嗤的一声，撕了两半，接着嗤嗤又听几声。宝玉在旁笑着说："响的好，再撕响些！"正说着，只见麝月走过来，笑道："少作些孽罢。"宝玉赶上来，一把将他手里的扇子也夺了递与晴雯。晴雯接了,也撕了几半子,二人都大笑。麝月道:"这是怎么说,拿我的东西开心儿?"宝玉笑道:"打开扇子匣子你拣去,什么好东西!"麝月道:"既这么说,就把匣子搬了出来,让他尽力的撕,岂不好?"宝玉笑道:"你就搬去。"麝月道:"我可不造这孽。他也没折了手,叫他自己搬去。"晴雯笑着,倚在床上说道:"我也乏了,明儿再撕罢。"宝玉笑道:"古人云,'千金难买一笑',几把扇子能值几何!"

五十二回　俏平儿情掩虾须镯　勇晴雯病补雀金裘

晴雯方才又闪了风,着了气,反觉更不好了,翻腾至掌灯,刚安静了些。只见宝玉回来,进门就嗐声跺脚。麝月忙问原故,宝玉道:"今儿老太太喜喜欢欢的给了这个褂子,谁知不防后襟子上烧了一块,幸而天晚了,老太太、太太都不理论。"一面说,一面脱下来。麝月瞧时,果见有指顶大的烧眼,说:"这必定是手炉里的火迸上了。这不值什么,赶着叫人悄悄的拿出去,叫个能干织补匠人织上就是了。"说着便用包袱包了,交与一个妈妈送出去。说:"赶天亮就有才好。千万别给老太太、太太知道。"婆子去了半日,仍旧拿回来,说:"不但能干织补匠人,就连裁缝绣匠并作女工的问了,都不认得这是什么,都不敢揽。"麝月道:"这怎么样呢!明儿不穿也罢了。"宝玉道:"明儿是正日子,老太太、太太说了,还叫穿这个去呢。偏头一日烧了,岂不扫兴。"晴雯听了半日,忍不住翻身说道:"拿来我瞧瞧罢。没个福气穿就罢了。这会子又着急。"宝玉笑道:"这话倒说的是。"说着,便递与晴雯,又移过灯来,细看了一会。晴雯道:"这是孔雀金线织的,如今咱们也拿孔雀金线就象界线似的界密了,只怕还可混得过去。"麝月笑道:"孔雀线现成的,但这里除了你,还有谁会界线?"晴雯道:"说不得,我挣命罢了。"宝玉忙道:"这如何使得!才好了些,如何做得活。"晴雯道:"不用你蝎蝎螫螫的,我自知道。"一面说,一面坐起来,挽了一挽头发,披了衣裳,只觉头重身轻,满眼金星乱迸,实实撑不住。若不做,又怕宝玉着急,少不得恨命咬牙捱着。便命麝月只帮着拈线。

晴雯先拿了一根比一比,笑道:"这虽不很像,若补上,也不很显。"宝玉道:"这就很好,那里又找哦啰嘶国的裁缝去。"晴雯先将里子拆开,用茶杯口大的一个竹弓钉牢在背面,再将破口四边用金刀刮的散松松的,然后用针纫了两条,分出经纬,亦如界线之法,先界出地子后,依本衣之纹来回织补。补两针,又看看,织补两针,又端详端详。无奈头晕眼黑,气喘神虚,补不上三五针,伏在枕上歇一会。宝玉在旁,一时又问:"吃些滚水不吃?"一时又命:"歇一歇。"一时又拿一件灰鼠斗篷替他披在背上,一时又命拿个拐枕与他靠着。急的晴雯央道:"小祖宗!你只管睡罢。再熬上半夜,明儿把眼睛抠搂了,怎么处!"宝玉见他着急,只得胡乱睡下,仍睡不着。一时只听自鸣钟已敲了四下,刚刚补完,又用小牙刷慢慢的剔出绒毛来。麝月道:"这就很好,若不留心,再看不出的。"宝玉忙要了瞧瞧,说道:"真真一样了。"晴雯已嗽了几阵，好容易补完了，说了一声："补虽补了，到底不像，我也再不能了！"嗳哟了一声，便身不由主倒下。

七十四回　惑奸谗抄检大观园　矢孤介杜绝宁国府

当下宝玉正因晴雯不自在，忽见这一干人来，不知为何直扑了丫头们的房门去，因迎出凤姐来，问是何故。凤姐道："丢了一件要紧的东西，因大家混赖，恐怕有丫头们偷了，所以大家都查一查去疑。"一面说，一面坐下吃茶。王善保家的等搜了一回，又细问这几个箱子是谁的，都叫本人来亲自打开。袭人因见晴雯这样，知道必有异事，又见这番抄检，只得自己先出来打开了箱子并匣子，任其搜检一番，不过是平常动用之物。随放下又搜别人的，挨次都一一搜过。到了晴雯的箱子，因问："是谁的，怎不开了让搜？"袭人等方欲代晴雯开时，只见晴雯挽着头发闯进来，豁一声将箱子掀开，两手捉着底子，朝天往地下尽情一倒，将所有之物尽都倒出。王善保家的也觉没趣，看了一看，也无甚私弊之物。……

七十七回　俏丫鬟抱屈夭风流　美优伶斩情归水月

宝玉及到了怡红院，只见一群人在那里，王夫人在屋里坐着，一脸怒色，见宝玉也不理。晴雯四五日水米不曾沾牙，恹恹弱息，如今现从炕上拉了下来，蓬头垢面，两个女人才架起来去了。王夫人吩咐，只许把他贴身衣服撂出去，余者好衣服留下给好丫头们穿。又命把这里所有的丫头们都叫来一一过目。原来王夫人自那日着恼之后,王善保家的去趁势告倒了晴雯,本处有人和园中不睦的,也就随机趁便下了些话。王夫人皆记在心中,因节间有事,故忍了两日,今日特来亲自阅人。一则为晴雯犹可,二则因竟有人指宝玉为由,说他大了,已解人事,都由屋里的丫头们不长进教习坏了。因这事更比晴雯一人较甚,乃从袭人起以至于极小作粗活的小丫头们,个个亲自看了一遍。因问:"谁是和宝玉一日的生日?"本人不敢答应,老嬷嬷指道:"这一个蕙香,又叫作四儿的,是同宝玉一日生日的。"王夫人细看了一看,虽比不上晴雯一半,却有几分水秀。视其行止,聪明皆露在外面,且也打扮的不同。王夫人冷笑道:"这也是个不怕臊的。他背地里说的,同日生日就是夫妻。这可是你说的?打谅我隔的远,都不知道呢。可知道我身子虽不大来,我的心耳神意时时都在这里。难道我通共一个宝玉,就白放心凭你们勾引坏了不成!"这个四儿见王夫人说着他素日和宝玉的私语,不禁红了脸,低头垂泪。王夫人即命也快把他家的人叫来,领出去配人。又问,"谁是耶律雄奴?"老嬷嬷们便将芳官指出。王夫人道:"唱戏的女孩子,自然是狐狸精了!上次放你们,你们又懒待出去,可就该安分守己才是。你就成精鼓捣起来,调唆着宝玉无所不为。"芳官笑辩道:"并不敢调唆什么。"王夫人笑道:"你还强嘴。我且问你,前年我们往皇陵上去,是谁调唆宝玉要柳家的丫头五儿了?幸而那丫头短命死了,不然进来了,你们又连伙聚党遭害这园子呢。你连你干娘都欺倒了,岂止别人!"因喝命:"唤他干娘来领去，就赏他外头自寻个女婿去吧。把他的东西一概给他。"又吩咐上年凡有姑娘们分的唱戏的女孩子们，一概不许留在园里，都令其各人干娘带出，自行聘嫁。一语传出，这些干娘皆感恩趁愿不尽，都约齐与王夫人磕头领去。王夫人又满屋里搜检宝玉之物。凡略有眼生之物，一并命收的收，卷的卷，着人拿到自己房内去了。因说："这才干净，省得旁人口舌。"因又吩咐袭人麝月等人："你们小心！往后再有一点分外之事，我一概不饶。因叫人查看了，今年不宜迁挪，暂且挨过今年，明年一并给我仍旧搬出去心净。"说毕，茶也不吃，遂带领众人又往别处去阅人。

　　如今且说宝玉只当王夫人不过来搜检搜检，无甚大事，谁知竟这样雷嗔电怒的来了。所责之事皆系平日之语，一字不爽，料必不能挽回的。虽心下恨不能一死，但王夫人盛怒之际，自不敢多言一句，多动一步，一直跟送王夫人到沁芳亭。王夫人命："回去好生念念那书，仔细明儿问你。才已发下恨了。"宝玉听如此说，方回来，一路打算："谁这样犯舌？况这里事也无人知道，如何就都说着了。"一面想，一面进来，只见袭人在那里垂泪。且去了第一等的人，岂不伤心，便倒在床上也哭起来。袭人知他心内别的还犹可，独有晴雯是第一件大事，乃推他劝道："哭也不中用了。你起来我告诉你，晴雯已经好了，他这一家去，倒心净养几天。你果然舍不得他，等太太气消了，你再求老太太，慢慢的叫进来也不难。不过太太偶然信了人的诽言，一时气头上如此罢了。"

　　宝玉哭道："我究竟不知晴雯犯了何等滔天大罪！"袭人

道:"太太只嫌他生的太好了,未免轻佻些。在太太是深知这样美人似的人必不安静,所以恨嫌他,像我们这粗粗笨笨的倒好。"宝玉道:"这也罢了。咱们私自玩话怎么也知道了?又没外人走风的,这可奇怪。"袭人道:"你有甚忌讳的,一时高兴了,你就不管有人无人了。我也曾使过眼色,也曾递过暗号,倒被那别人已知道了,你反不觉。"宝玉道:"怎么人人的不是太太都知道,单不挑出你和麝月秋纹来?"袭人听了这话,心内一动,低头半日,无可回答,因便笑道:"正是呢。若论我们也有玩笑不留心的孟浪去处,怎么太太竟忘了?想是还有别的事,等完了再发放我们,也未可知。"宝玉笑道:"你是头一个出了名的至善至贤之人,他两个又是你陶冶教育的,焉得还有孟浪该罚之处!只是芳官尚小,过于伶俐些,未免倚强压倒了人,惹人厌。四儿是我误了他,还是那年我和你拌嘴的那日起,叫上来作些细活,未免夺占了地位,故有今日。只是晴雯也是和你一样,从小儿在老太太屋里过来的,虽然他生得比人强,也没甚妨碍去处。就是他的性情爽利,口角锋芒些,究竟也不曾得罪你们。想是他过于生得好了,反被这好所误。"说毕,复又哭起来。

袭人细揣此话,好似宝玉有疑他之意,竟不好再劝,因叹道:"天知道罢了。此时也查不出人来了,白哭一会子也无益。倒是养着精神,等老太太喜欢时,回明白了再要他是正理。"宝玉冷笑道:"你不必虚宽我的心。等到太太平服了再瞧势头去要时,知他的病等得等不得。他自幼上来娇生惯养,何尝受过一日委屈。连我知道他的性格,还时常冲撞了他。他这一下去，就如同一盆才抽出嫩箭来的兰花送到猪窝里去一般。况又是一身重病，里头一肚子的闷气。他又没有亲爷热娘，只有一个醉泥鳅姑舅哥哥。他这一去，一时也不惯的，那里还等得几日。知道还能见他一面两面不能了！"说着又愈发伤心起来……

……宝玉命那婆子在院门了哨，他独自掀起草帘进来，一眼就看见晴雯睡在芦席土炕上，幸而衾褥还是旧日铺的。心内不知自己怎么才好，因上来含泪伸手轻轻拉他，悄唤两声。

当下晴雯又因着了风，又受了他哥嫂的歹话，病上加病，嗽了一日，才朦胧睡了。忽闻有人唤他，强展星眸，一见是宝玉，又惊又喜，又悲又痛，忙一把死攥住他的手。哽咽了半日，方说出半句话来："我只当不得见你了。"接着便嗽个不住。宝玉也只有哽咽之分。晴雯道："阿弥陀佛，你来的好，且把那茶倒半碗我喝。渴了这半日，叫半个人也叫不着。"宝玉听说，忙拭泪问："茶在哪里？"晴雯道："那炉台上就是。"宝玉看时，虽有个黑沙吊子，却不像个茶壶。只得桌上去拿了一个碗，也甚大甚粗，不像个茶碗，未到手内，先就闻得油膻之气。宝玉只得拿了来，先拿些水洗了两次，复又用水汕过，方提起沙壶斟了半碗。看时，绛红的，也太不成茶。晴雯扶枕道："快给我喝一口罢！这就是茶了。那里比得咱们的茶！"宝玉听说，先自己尝了一尝，并无清香，且无茶味，只一味苦涩，略有茶意而已。尝毕，方递与晴雯。只见晴雯如得了甘露一般，一气都灌下去了……

（宝玉）流泪问道："你有什么说的，趁着没人告诉我。"

晴雯呜咽道："有什么可说的！……只是一件，我死也不甘心。我虽生的比别人好些，并没有私情勾引你，怎么一口死咬定了我是狐狸精！我今儿既担了虚名，况且没了远限，不是我说一句后悔的话，早知如此，我当日——"说到这里，气往上咽，便说不出来，两手已经冰凉。宝玉又痛又急，又害怕。……又不敢大声的叫，真是万箭攒心。两三句话时，晴雯才哭出来。宝玉拉着他的手，只觉瘦如枯柴，腕上犹戴着四个银镯，因哭道："除下来，等好了再戴上去罢。"……晴雯拭泪，把那手用力拿回搁在口边，狠命一咬，只听咯吱一声，把两根葱管一般的指甲齐根咬下，拉了宝玉的手，将指甲搁在宝玉的手里。又回手挣扎着连揪带脱，在被窝里将贴身穿着的一件红绫小袄儿脱下，递给宝玉，不想虚弱透了的人，那里禁得这么抖擞，早喘成一处了。宝玉见她这般，已经会意，连忙解开外衣，将自己的袄儿褪下来盖在她身上，却把这件穿上，不及扣钮子只用外头衣裳掩了。刚系腰时，只见晴雯睁眼道："你扶我起来坐坐。"……晴雯伸手把宝玉的袄儿往自己身上拉。宝玉忙给她披上，拖着肐膊，伸上袖子，轻轻放倒，然后将她的指甲放在荷包里。晴雯哭道："你去罢！这里肮脏，你那里受得了，你的身子要紧！今日这一来，我就死了，也不枉担了虚名！"

八 袭人城府

六回　贾宝玉初试云雨情　刘姥姥一进荣国府

袭人忙趁众奶娘丫鬟不在旁时,另取出一件中衣来与宝玉换上。宝玉含羞央告道:"好姊姊,千万别告诉人。"袭人亦含羞笑问道:"你梦见什么故事了?是哪里流出来的那些脏东西?"宝玉道:"一言难尽。"说着便把梦中之事细说与袭人听了。然后说至警幻所授云雨之情,羞的袭人掩面伏身而笑。宝玉亦素喜袭人柔媚娇俏,遂强袭人同领警幻所训云雨之事。袭人素知贾母已将自己与了宝玉的,今便如此,亦不为越礼,遂和宝玉偷试一番,幸得无人撞见。自此宝玉视袭人更比别个不同,袭人待宝玉更为尽心。

九回　恋风流情友入家塾　起嫌疑顽童闹学堂

至是日一早,宝玉起来时,袭人早已把书笔文物包好,收拾的停停妥妥，坐在床沿上发闷。见宝玉醒来，只得服侍他梳洗。宝玉见他闷闷的，因笑问道："好姊姊，你怎么又不自在了？难道怪我上学去丢的你们冷清了不成？"袭人笑道："这是哪里话。读书是极好的事，不然就潦倒一辈子，终久怎么样呢。但只一件：只是念书的时节想着书，不念的时节想着家些。别和他们一处玩闹，碰见老爷不是玩的。虽说是奋志要强，那功课宁可少些，一则贪多嚼不烂，二则身子也要保重。这就是我的意思，你可要体谅。"袭人说一句，宝玉应一句。袭人又道："大毛衣服我也包好了，交出给小子们去了。学里冷，好歹想着添换，比不得家里有人照顾。脚炉手炉的炭也交出去了，你可着他们添。那一起懒贼，你不说，他们乐得不动，白冻坏了你。"宝玉道："你放心，出外头我自己都会调停的。你们也别闷死在这屋里，长和林妹妹一处去玩笑着才好。"说着，俱已穿戴齐备，袭人催他去见贾母、贾政、王夫人等。

十九回　情切切良宵花解语　意绵绵静日玉生香

（袭人从娘家回来与宝玉聊天）袭人叹道："只从我来这几年，姊妹们都不得在一处。如今我要回去了，他们又都去了。"宝玉听这话内有文章，不觉吃一惊，忙丢下栗子，问道："怎么，你如今要回去了？"袭人道："我今儿听见我妈和哥哥商议，教我再耐烦一年，明年他们上来，就赎我出去的呢！"宝玉听了这话，愈发怔了，因问："为什么要赎你？"袭人道：

"这话奇了！我又比不得是你这里的家生子儿，一家子都在别处，独我一个人在这里，怎么是个了局？"宝玉道："我不叫你去也难。"袭人道："从来没这道理。便是朝廷宫里，也有个定例，或几年一选，几年一入，也没有个长远留下人的理，别说你了！"

宝玉想一想，果然有理。又道："老太太不放你也难。"袭人道："为什么不放？我果然是个最难得的，或者感动了老太太，老太太必不放我出去的，设或多给我们家几两银子，留下我，然或有之；其实我也不过是个平常的人，比我强的多而且多。自我从小儿来了，跟着老太太，先服侍了史大姑娘几年，如今又服侍了你几年。如今我们家来赎，正是该叫去的，只怕连身价也不要，就开恩叫我去呢。若说为服侍的你好，不叫我去，断然没有的事。那服侍的好，是分内应当的，不是什么奇功。我去了，仍旧有好的来了，不是没了我就不成事。"宝玉听了这些话，竟是有去的理，无留的理，心内愈发急了，因又道："虽然如此说，我只一心留下你，不怕老太太不和你母亲说。多多给你母亲些银子，他也不好意思接你了。"袭人道："我妈自然不敢强。且漫说和他好说，又多给银子；就便不好和他说，一个钱也不给，安心要强留下我，他也不敢不依。但只是咱们家从没干过这倚势仗贵霸道的事。这比不得别的东西，因为你喜欢，加十倍利弄了来给你，那卖的人不得吃亏，可以行得。如今无故平空留下我，于你又无益，反叫我们骨肉分离，这件事，老太太、太太断不肯行的。"宝玉听了，思忖半晌，乃说道："依你说，你是去定了？"袭人道："去定了。"

宝玉听了，自思道："谁知这样一个人，这样薄情无义。"乃叹道："早知道都是要去的，我就不该弄了来，临了剩我一个孤鬼儿。"说着，便赌气上床睡去了。

原来袭人在家，听见他母兄要赎他回去，他就说至死也不回去的。又说："当日原是你们没饭吃，就剩我还值几两银子，若不叫你们卖，没有个看着老子娘饿死的理。如今幸而卖到这个地方，吃穿和主子一样，也不朝打暮骂。况且如今爹虽没了，你们却又整理的家成业就，复了元气。若果然还艰难，把我赎出来，再多掏澄几个钱，也还罢了，其实又不难了。这会子又赎我作什么？权当我死了，再不必起赎我的念头！"因此哭闹了一阵。

他母兄见他这般坚执，自然必不出来的了。况且原是卖倒的死契，明仗着贾宅是慈善宽厚之家，不过求一求，只怕身价银一并赏了这是有的事呢。二则，贾府中从不曾作践下人，只有恩多威少的。且凡老少房中所有亲侍的女孩子们，更比待家下众人不同，平常寒薄人家的小姐，也不能那样尊重的。因此，他母子两个也就死心不赎了。次后忽然宝玉去了，他二人又是那般景况，他母子二人心下更明白了，愈发石头落了地，而且是意外之想，彼此放心，再无赎念了。

如今且说袭人自幼见宝玉性格异常，其淘气憨玩自是出于众小儿之外，更有几件千奇百怪口不能言的毛病儿。近来仗着祖母溺爱，父母亦不能十分严紧拘管，更觉放荡弛纵，任性恣情，最不喜务正。每欲劝时，料不能听，今日可巧有赎身之论，故先用骗词，以探其情，以压其气，然后好下箴规。今见他默默睡去了，知其情有不忍，气已馁堕，自己原不想栗子吃的，只因怕为酥酪又生事故，亦如茜雪之茶等事，是以假以栗子为由，混过宝玉不提就完了。于是命小丫头子们将栗子拿去吃了，自己来推宝玉。只见宝玉泪痕满面，袭人便笑道："这有什么伤心的，你果然留我，我自然不出去了。"宝玉见这话有文章，便说道："你倒说说，我还要怎么留你，我自己也难说了。"袭人笑道："咱们素日好处，再不用说。但今日你安心留我，不在这上头。我另说出两三件事来，你果然依了我，就是你真心留我了，刀搁在脖子上，我也是不出去的了。"

宝玉忙笑道："你说，那几件？我都依你。好姐姐，好亲姐姐，别说两三件，就是两三百件，我也依。只求你们同看着我，守着我，等我有一日化成了飞灰——飞灰还不好，灰还有形有迹，还有知识——等我化成一股轻烟，风一吹便散了的时候，你们也管不得我，我也顾不得你们了。那时凭我去，我也凭你们爱那里去就去了。"话未说完，急的袭人忙握他的嘴，说："好好的，正为劝你这些，倒更说的狠了。"宝玉忙说道："再不说这话了。"袭人道："这是头一件要改的。"宝玉道："改了，再要说，你就拧嘴。还有什么？"

袭人道："第二件，你真喜读书也罢，假喜也罢，只是在老爷跟前或在别人跟前，你别只管批驳诮谤，只作出个喜读书的样子来，也教老爷少生些气，在人前也好说嘴。他心里想着，我家代代读书，只从有了你，不承望你不喜读书，已经他心里又气又愧了。而且背前背后乱说那些混话，凡读书上进的人，你就起个名字叫作'禄蠹'；又说只除'明明德'外无书,都是前人自己不能解圣人之书,便另出己意,混编纂出来的。这些话,怎么怨得老爷不气,不时时打你。叫别人怎么想你?"宝玉笑道:"再不说了,那原是那小时不知天高地厚,信口胡说,如今再不敢说了。还有什么?"

袭人道:"再不可毁僧谤道,调脂弄粉。还有更要紧的一件,再不许吃人嘴上擦的胭脂了,与那爱红的毛病儿。"宝玉道:"都改,都改。再有什么,快说。"袭人笑道:"再也没有了。只是百事检点些,不任意任情的就是了。你若果都依了,便拿八人轿也抬不出我去了。"宝玉笑道:"你在这里长远了,不怕没八人轿你坐。"袭人冷笑道:"这我可不希罕的。有那个福气,没有那个道理。纵坐了,也没甚趣。"

三十二回　诉肺腑心迷活宝玉　含耻辱情烈死金钏

……(林黛玉离开后)宝玉站着,只管发起呆来。原来方才出来慌忙,不曾带得扇子,袭人怕他热,忙拿了扇子赶来送与他,忽抬头见了林黛玉和他站着。一时黛玉走了,他还站着不动,因而赶上来说道:"你也不带了扇子去,亏我看见,赶了送来。"宝玉出了神,见袭人和他说话,并未看出是何人来,便一把拉住,说道:"好妹妹,我的这心事,从来也不敢说,今儿我大胆说出来,死也甘心!我为你也弄了一身的病在这里,又不敢告诉人,只好掩着。只等你的病好了,只怕我的病才得好呢。睡里梦里也忘不了你!"袭人听了这话,吓得魂消魂散,只叫"神天菩萨,坑死我了!"便推他道:"这是那里的话！敢是中了邪？还不快去？"宝玉一时醒过来，方知是袭人送扇子来，羞的满面紫涨，夺了扇子，便忙忙的抽身跑了。

这里袭人见他去了，自思方才之言，一定是因黛玉而起，如此看来，将来难免不才之事，令人可惊可畏。想到此间，也不觉怔怔的滴下泪来，心下暗度如何处治方免此丑祸。

三十四回　情中情因情感妹妹　错里错以错劝哥哥

……袭人答应着，方要走时，王夫人又叫："站着，我想起一句话来问你。"袭人忙又回来。王夫人见房内无人，便问道："我恍惚听见宝玉今儿捱打，是环儿在老爷跟前说了什么话。你可听见这个了？你要听见，告诉我听听，我也不吵出来教人知道是你说的。"袭人道："我倒没听见这话，为二爷霸占着戏子，人家来和老爷要，为这个打的。"王夫人摇头说道："也为这个，还有别的原故。"袭人道："别的原故实在不知道了。我今儿在太太跟前大胆说句不知好歹的话。论理……"说了半截忙又咽住。王夫人道："你只管说。"袭人笑道："太太别生气，我就说了。"王夫人道："我有什么生气的，你只管说来。"袭人道："论理，我们二爷也须得老爷教训两顿。若老爷再不管，将来不知做出什么事来呢。"王夫人一闻此言，便合掌念声"阿弥陀佛"，由不得赶着袭人叫了一声"我的儿，亏了你也明白，这话和我的心一样。我何曾不知道管儿子，先时你珠大爷在，我是怎么样管他，难道我如今倒不知管儿子了？只是有个原故：如今我想，我已经快五十岁的人，通共剩了他一个，他又长的单弱，况且老太太宝贝似的，若管紧了他，倘或再有个好歹，或是老太太气坏了，那时上下不安，岂不倒坏了，所以就纵坏了他。我常常掰着口儿劝一阵，说一阵，气的骂一阵，哭一阵，彼时他好，过后儿还是不相干，端的吃了亏才罢了。若打坏了，将来我靠谁呢！"说着，由不得滚下泪来。

袭人见王夫人这般悲感，自己也不觉伤了心，陪着落泪。又道："二爷是太太养的，岂不心疼。便是我们做下人的服侍一场，大家落个平安，也算是造化了，要这样起来，连平安都不能。那一日那一时我不劝二爷，只是再劝不醒。偏生那些人又肯亲近他，也怨不得他这样，总是我们劝的倒不好了。今儿太太提起这话来，我还记挂着一件事，每要来回太太，讨太太个主意。只是我怕太太疑心，不但我的话白说了，且连葬身之地都没了。"王夫人听了这话内有因，忙问道："我的儿，你有话只管说。近来我因听见众人背前背后都夸你，我只说你不过是在宝玉身上留心，或是诸人跟前和气，这些小意思好，所以将你和老姨娘一体行事。谁知你方才和我说的话全是大道理，正和我的想头一样。你有什么只管说什么，只别教别人知道就是了。"袭人道："我也没什么别的说。我只想着讨太太一个示下，怎么变个法儿，以后竟还教二爷搬出园外来住就好了。"王夫人听了，吃一大惊，忙拉了袭人的手问道："宝玉难道和谁作怪了不成？"袭人连忙回道："太太别多心，并没有这话。这不过是我的小见识。如今二爷也大了，里头姑娘们也大了，况且林姑娘宝姑娘又是两姨姑表姊妹，虽说是姊妹们，到底是男女之分，日夜一处起坐不方便，由不得叫人悬心，便是外人看着也不像。一家子的事，俗语说的'没事常思有事'，世上多少无头脑的事，多半因为无心中做出，有心人看见，当作有心事，反说坏了。只是预先不防着，断然不好。二爷素日性格，太太是知道的。他又偏好在我们队里闹，倘或不防，前后错了一点半点，不论真假，人多口杂，那起小人的嘴有什么避讳，心顺了，说的比菩萨还好，心不顺，就贬的连畜牲不如。二爷将来倘或有人说好，不过大家直过没事；若要叫人说出一个不好字来，我们不用说，粉身碎骨，罪有万重，都是平常小事，但后来二爷一生的声名品行岂不完了，二则太太也难见老爷。俗语又说'君子防不然'，不如这会子防避的为是。太太事情多，一时固然想不到。我们想不到则可，既想到了，若不回明太太，罪愈重了。近来我为这事日夜悬心，又不好说与人，惟有灯知道罢了。"

王夫人听了这话，如雷轰电掣的一般，正触了金钏儿之事，心内愈发感爱袭人不尽，忙笑道："我的儿，你竟有这个心胸，想的这样周全！我何曾又不想到这里，只是这几次有事就忘了。你今儿这一番话提醒了我。难为你成全我娘儿两个声名体面，真真我竟不知道你这样好。罢了，你且去罢，我自有道理。只是还有一句话：你今既说了这样的话，我就把他交给你了，好歹留心，保全了他，就是保全了我。我自然不辜负你。"

一百二十回　甄士隐详说太虚情　贾雨村归结红楼梦

正说着，丫头回道："花自芳的女人进来请安。"王夫人问几句话，花自芳的女人将亲戚作媒，说的是城南蒋家的，现在有房有地，又有铺面，姑爷年纪略大了几岁，并没有娶过的，况且人物儿长的是百里挑一的。王夫人听了愿意，说道："你去应了，隔几日进来再接你妹子罢。"王夫人又命人打听，都说是好。王夫人便告诉了宝钗，仍请了薛姨妈细细的告诉了袭人。袭人悲伤不已，又不敢违命的，心里想起宝玉那年到他家去，回来说的死也不回去的话，"如今太太硬作主张。若说我守着，又叫人说我不害臊；若是去了，实不是我的心愿"，便哭得咽哽难鸣，又被薛姨妈宝钗等苦劝，回过念头想道："我若是死在这里，倒把太太的好心弄坏了。我该死在家里才是。"

于是，袭人含悲叩辞了众人，那姊妹分手时自然更有一番不忍说。袭人怀着必死的心肠上车回去，见了哥哥嫂子，也是哭泣，但只说不出来。那花自芳悉把蒋家的聘礼送给他看，又把自己所办妆奁一一指给他瞧，说那是太太赏的，那是置办的。袭人此时更难开口，住了两天，细想起来："哥哥办事不错，若是死在哥哥家里，岂不又害了哥哥呢。"千思万想，左右为难，真是一缕柔肠，几乎牵断，只得忍住。

那日已是迎娶吉期，袭人本不是那一种泼辣人，委委屈屈的上轿而去，心里另想到那里再作打算。岂知过了门，见那蒋家办事极其认真，全都按着正配的规矩。一进了门，丫头仆妇都称奶奶。袭人此时欲要死在这里，又恐害了人家，辜负了一番好意。那夜原是哭着不肯俯就的，那姑爷却极柔情曲意的承顺。到了第二天开箱，这姑爷看见一条猩红汗巾，方知是宝玉的丫头。原来当初只知是贾母的侍儿,益想不到是袭人。此时蒋玉菡念着宝玉待他的旧情,倒觉满心惶愧,更加周旋,又故意将宝玉所换那条松花绿的汗巾拿出来。袭人看了,方知这姓蒋的原来就是蒋玉菡,始信姻缘前定。袭人才将心事说出,蒋玉菡也深为叹息敬服,不敢勉强,并愈发温柔体贴,弄得个袭人真无死所了。看官听说:虽然事有前定,无可奈何。但孽子孤臣,义夫节妇,这"不得已"三字也不是一概推委得的。此袭人所以在又多一副册也。正是前人过那桃花庙的诗上说道:千古艰难惟一死,伤心岂独息夫人!

九　龄官画蔷

十八回　林黛玉误剪香袋囊　贾元春归省庆元宵

贾蔷忙张罗扮演起来。一个个歌欺裂石之音，舞有天魔之态。虽是妆演的形容，却作尽悲欢情状。刚演完了，一太监执一金盘糕点之属进来，问："谁是龄官？"贾蔷便知是赐龄官之物，喜的忙接了，命龄官叩头。太监又道："贵妃有谕，说'龄官极好，再作两出戏不拘那两出就是了'。"贾蔷忙答应了，因命龄官作《游园》《惊梦》二出。龄官自为此二出原非本角之戏，执意不作，定要作《相约》《相骂》二出。贾蔷扭他不过，只得依他作了。

二十二回　听曲文宝玉悟禅机　制灯谜贾政悲谶语

（宝钗生日）吃了饭点戏时，贾母一定先叫宝钗点。宝钗推让一遍，无法，只得点了一折《西游记》。贾母自是欢喜，然后便命凤姐点。凤姐亦知贾母喜热闹,更喜谑笑科诨,便点了一出《刘二当衣》……至晚散时,贾母深爱那作小旦的与一个作小丑的,因命人带进来,细看时益发可怜见。因问年纪,那小旦才十一岁,小丑才九岁,大家叹息一回。贾母令人另拿些肉果与他两个,又另外赏钱两串。凤姐笑道:"这个孩子扮上活像一个人,你们再看不出来。"宝钗心里也知道,便只一笑不肯说。宝玉也猜着了,亦不敢说。史湘云接着笑道:"倒像林妹妹的模样儿。"……

三十回 宝钗借扇机带双敲 龄官画蔷痴及局外

(宝玉)进大观园来。只见赤日当空,树阴合地,满耳蝉声,静无人语。刚到了蔷薇花架,只听有人哽噎之声。宝玉心中疑惑,便站住细听,果然架下那边有人。如今五月之际,那蔷薇正是花叶茂盛之际,宝玉便悄悄的隔着篱笆洞儿一看,只见一个女孩子蹲在花下,手里拿着根绾头的簪子在地下抠土,一面悄悄的流泪,宝玉心中想道:"难道这也是个痴丫头,又像颦儿来葬花不成?"因又自叹道:"若真也葬花,可谓'东施效颦',不但不为新特,且更可厌了。"想毕,便要叫那女子,说:"你不用跟着那林姑娘学了。"话未出口,幸而再看时,这女孩子面生,不是个侍儿,倒像是那十二个学戏的女孩子之内的,却辨不出他是生旦净丑那一个角色来。宝玉忙把舌头一伸,将口掩住,自己想道:"幸而不曾造次。上两次皆因造次了,颦儿也生气,宝儿也多心,如今再得罪了他们,愈发没意思了。"

一面想，一面又恨认不得这个是谁。再留神细看，只见这女孩子眉蹙春山，眼颦秋水，面薄腰纤，袅袅婷婷，大有林黛玉之态。宝玉早又不忍弃他而去，只管痴看。只见他虽然用金簪划地，并不是掘土埋花，竟是向土上画字。宝玉用眼随着簪子的起落，一直一画一点一勾的看了去，数一数，十八笔。自己又在手心里用指头按着他方才下笔的规矩写了，猜是个什么字。写成一想，原来就是个蔷薇花的"蔷"字。宝玉想道："必定是他也要作诗填词。这会子见了这花，因有所感，或者偶成了两句，一时兴至恐忘，在地下画着推敲，也未可知。且看他底下再写什么。"一面想，一面又看，只见那女孩子还在那里画呢，画来画去，还是个"蔷"字。再看，还是个"蔷"字。里面的原是早已痴了，画完一个又画一个，已经画了有几千个"蔷"。外面的不觉也看痴了，两个眼珠儿只管随着簪子动，心里却想："这女孩子一定有什么话说不出来的大心事，才这样个形景。外面既是这个形景，心里不知怎么熬煎。看他的模样儿这般单薄，心里那里还搁的住熬煎。可恨我不能替你分些过来。"

伏中阴晴不定，片云可以致雨，忽一阵凉风过了，唰唰的落下一阵雨来。宝玉看着那女子头上滴下水来，纱衣裳登时湿了。宝玉想道："这时下雨。他这个身子，如何禁得骤雨一激！"因此禁不住便说道："不用写了。你看下大雨，身上都湿了。"那女孩子听说倒唬了一跳，抬头一看，只见花外一个人叫他不要写了，下大雨了。一则宝玉脸面俊秀；二则花叶繁茂，上下俱被枝叶隐住，刚露着半边脸，那女孩子只当是个丫头，再不想是宝玉，因笑道："多谢姐姐提醒了我。难道姐姐在外头有什么遮雨的？"一句提醒了宝玉，"嗳哟"了一声，才觉得浑身冰凉。低头一看，自己身上也都湿了。说声"不好"，只得一气跑回怡红院去了，心里却还记挂着那女孩子没处避雨。

三十六回　绣鸳鸯梦兆绛芸轩　识分定情悟梨香院

一日，宝玉因各处游的烦腻，便想起《牡丹亭》曲来，自己看了两遍，犹不惬怀，因闻得梨香院的十二个女孩子中有小旦龄官最是唱的好，因着意出角门来找时，只见宝官玉官都在院内，见宝玉来了，都笑嘻嘻的让坐。宝玉因问"龄官独在那里？"众人都告诉他说："在他房里呢。"宝玉忙至他房内，只见龄官独自倒在枕上，见他进来，文风不动。宝玉素习与别的女孩子玩惯了的，只当龄官也同别人一样，因进前来身旁坐下，又陪笑央他起来唱《袅晴丝》一套。不想龄官见他坐下，忙抬身起来躲避，正色说道："嗓子哑了。前儿娘娘传进我们去，我还没有唱呢。"宝玉见他坐正了，再一细看，原来就是那日蔷薇花下画"蔷"字那一个。又见如此景况，从来未经过这番被人弃厌，自己便讪讪的红了脸，只得出来了。宝官等不解何故，因问其所以。宝玉便说了，遂出来。宝官便说道："只略等一等，蔷二爷来了叫他唱，是必唱的。"宝玉听了，心下纳闷，因问："蔷哥儿那去了？"宝官道："才出去了，一定还是龄官要什么,他去变弄去了。"

宝玉听了,以为奇特,少站片时,果见贾蔷从外头来了,手里又提着个雀儿笼子,上面扎着个小戏台,并一个雀儿,兴兴头头的往里走着找龄官。见了宝玉,只得站住。宝玉问他:"是个什么雀儿,会衔旗串戏台?"贾蔷笑道:"是个玉顶金豆。"宝玉道:"多少钱买的?"贾蔷道:"一两八钱银子。"一面说,一面让宝玉坐,自己往龄官房里来。宝玉此刻把听曲子的心都没了,且要看他和龄官是怎样。只见贾蔷进去笑道:"你起来,瞧这个玩意儿。"龄官起身问是什么,贾蔷道:"买了雀儿你玩,省得天天闷闷的无个开心。我先玩个你看。"说着,便拿些谷子哄的那个雀儿在戏台上乱串,衔鬼脸旗帜。众女孩子都笑道"有趣",独龄官冷笑了两声,赌气仍睡去了。贾蔷还只管陪笑,问他好不好。龄官道:"你们家把好好的人弄了来,关在这牢坑里学这个劳什子还不算,你这会子又弄个雀儿来,也偏生干这个。你分明是弄了他来打趣形容我们,还问我好不好。"贾蔷听了,不觉慌起来,连忙赌身立誓。又道:"今儿我那里的香脂油蒙了心!费一二两银子买他来,原说解闷,就没有想到这上头。罢,罢,放了生,免免你的灾病。"说着,果然将雀儿放了,一顿把将笼子拆了。龄官还说:"那雀儿虽不如人,他也有个老雀儿在窝里,你拿了他来弄这个劳什子也忍得!今儿我咳嗽出两口血来,太太叫大夫来瞧,不说替我细问问,你且弄这个来取笑。偏生我这没人管没人理的,又偏病。"说着又哭起来。贾蔷忙道:"昨儿晚上我问了大夫,他说不相干。他说吃两剂药，后儿再瞧。谁知今儿又吐了。这会子请他去。"说着，便要请去。龄官又叫："站住，这会子大毒日头地下，你赌气子去请了来我也不瞧。"贾蔷听如此说，只得又站住。宝玉见了这般景况，不觉痴了，这才领会了画"蔷"深意。自己站不住，也抽身走了。贾蔷一心都在龄官身上，也不顾送，倒是别的女孩子送了出来。

十 ░ 平儿理妆

六十一回　投鼠忌器宝玉瞒赃　判冤决狱平儿行权

……林之孝家的听了……进入厨房，莲花儿带眷，取出露瓶。恐还有偷的别物，又细细搜了一遍，又得了一包茯苓霜，一并拿了，带了五儿，来回李纨与探春。

那时李纨正因兰哥儿病了，不理事务，只命去见探春。探春已归房……林之孝家的只得领出来。到凤姐儿那边，先找着了平儿，平儿进去回了凤姐。凤姐方才歇下，听见此事，便吩咐：“将他娘打四十板子，撵出去，永不许进二门。把五儿打四十板子，立刻交给庄子上，或卖或配人。”平儿听了，出来依言吩咐了林之孝家的。五儿唬的哭哭啼啼，给平儿跪着，细诉芳官之事。平儿道：“这也不难，等明日问了芳官便知真假。但这茯苓霜前日人送了来，还等老太太、太太回来看了才敢打动，这不该偷了去。”五儿见问，忙又将他舅舅送的一节说了出来。平儿听了，笑道：“这样说，你竟是个平白无辜之人，拿你来顶缸。此时天晚，奶奶才进了药歇下，不便为这点子小事去絮叨。如今且将他交给上夜的人看守一夜，等明儿我回了奶奶，再做道理。"林之孝家的不敢违拗，只得带了出来交与上夜的媳妇们看守……

谁知和他母女不和的那些人，巴不得一时撵出他们去，惟恐次日有变，大家先起了个清早，都悄悄的来买转平儿，一面送些东西，一面又奉承他办事简断，一面又讲述他母亲素日许多不好。平儿一一的都应着，打发他们去了，却悄悄的来访袭人，问他可果真芳官给他露了。袭人便说："露却是给芳官，芳官转给何人我却不知。"袭人于是又问芳官，芳官听了，唬天跳地，忙应是自己送他的。芳官便又告诉了宝玉，宝玉也慌了，说："露虽有了，若勾起茯苓霜来，他自然也实供。若听见了是他舅舅门上得的，他舅舅又有了不是，岂不是人家的好意，反被咱们陷害了？"因忙和平儿计议："露的事虽完，然这霜也是有不是的。好姐姐，你叫他说也是芳官给他的就完了。"平儿笑道："虽如此，只是他昨晚已经同人说是他舅舅给的了，如何又说你给的？况且那边所丢的露也是无主儿，如今有脏证放了，又去找谁？谁还肯认？众人也未必心服。"晴雯走来笑道："太太那边的露再无别人，分明是彩云偷了给环哥儿去了。你们可瞎乱说。"平儿笑道："谁不知是这个原故，但今玉钏儿急的哭，悄悄问着他，他应了，玉钏也罢了，大家也就混着不问了。难道我们好意兜揽这事不成！可恨彩云不但不应，他还挤玉钏儿，说他偷了去了。两个人窝里发炮，先吵的合府皆知，我们如何装没事人。少不得要查的。殊不知告失盗的就是贼,又没脏证,怎么说他。"宝玉道:"也罢,这件事我也应起来,就说是我唬他们玩的,悄悄的偷了太太的来了。两件事都完了。"袭人道:"也倒是件阴骘事,保全人的贼名儿。只是太太听见又说你小孩子气,不知好歹了。"平儿笑道:"这也倒是小事。如今便从赵姨娘屋里起了脏来也容易,我只怕又伤着一个好人的体面。别人都别管,这一个人岂不又生气。我可怜的是他,不肯为打老鼠伤了玉瓶。"说着,把三个指头一伸。袭人等听说,便知他说的是探春。大家都忙说:"可是这话,竟是我们这里应了起来的为是。"平儿又笑道:"也须得把彩云和玉钏儿两个业障叫了来,问准了他方好。不然他们得了益,不说为这个,倒像我没了本事问不出来,烦出这里来完事,他们以后愈发的偷,不管的不管了。"袭人等笑道:"正是,也要你留个地步。"

　　平儿便命人叫了他两个来,说道:"不用慌,贼已有了。"玉钏儿先问贼在那里,平儿道:"现在二奶奶屋里,你问他什么应什么。我心里明知不是他偷的,可怜他害怕都承认。这里宝二爷不过意,要替他认一半。我待要说出来,但只是这做贼的素日又是和我好的一个姊妹,窝主却是平常,里面又伤着一个好人的体面,因此为难,少不得央求宝二爷应了,大家无事。如今反要问你们两个,还是怎样?若从此以后大家小心存体面,这便求宝二爷应了;若不然,我就回了二奶奶,别冤屈了好人。"

　　彩云听了,不觉红了脸,一时羞恶之心感发,便说道:

"姐姐放心,也别冤了好人,也别带累了无辜之人伤体面。偷东西原是赵姨奶奶央告我再三,我拿了些与环哥是情真。连太太在家我们还拿过,各人去送人,也是常事。我原说嚷过两天就罢了。如今既冤屈了好人,我心也不忍。姐姐竟带了我回奶奶去,我一概应了完事。"众人听了这话,一个个都诧异,他竟这样有肝胆。宝玉忙笑道:"彩云姐姐果然是个正经人。如今也不用你应,我只说是我悄悄的偷的唬你们玩,如今闹出事来,我原该承认。只求姐姐们以后省些事,大家就好了。"彩云道:"我干的事为什么叫你应,死活我该去受。"平儿袭人忙道:"不是这样说,你一应了,未免又叨登出赵姨奶奶来,那时三姑娘听了,岂不生气。竟不如宝二爷应了,大家无事,且除这几个人皆不得知道这事,何等的干净。但只以后千万大家小心些就是了。要拿什么,好歹奈到太太到家,那怕连这房子给了人,我们就没干系了。"彩云听了低头想了一想,方依允。

于是大家商议妥贴,平儿带了他两个并芳官往前边来,至上夜房中叫了五儿,将茯苓霜一节也悄悄的教他说系芳官所赠,五儿感谢不尽。

(平儿)将此事照前言回了凤姐儿一遍。凤姐儿道:"虽如此说,但宝玉为人不管青红皂白爱兜揽事情。别人再求求他去,他又搁不住人两句好话,给他个炭篓子戴上,什么事他不应承。咱们若信了,将来若大事也如此,如何治人。还要细细的追求才是。依我的主意,把太太屋里的丫头都拿来,虽不便擅加拷打,只叫他们垫着磁瓦子跪在太阳地下,茶饭也别给吃。一日不说跪一日，便是铁打的，一日也管招了。又道是'苍蝇不抱无缝的蛋'。虽然这柳家的没偷，到底有些影儿。人才说他。虽不加贼刑，也革出不用。朝廷家原有挂误的，倒也不算委屈了他。"平儿道："何苦来操这心！'得放手时须放手'，什么大不了的事，乐得不施恩呢。依我说，纵在这屋里操上一百分的心，终久咱们是那边屋里去的。没的结些小人仇恨，使人含怨。况且自己又三灾八难的，好容易怀了一个哥儿，到了六七个月还掉了，焉知不是素日操劳太过，气恼伤着的。如今乘早儿见一半不见一半的，也倒罢了。"一席话，说的凤姐儿倒笑了，说道："凭你这小蹄子发放去罢。我才精爽些了，没的淘气。"平儿笑道："这不是正经！"

五十六回　敏探春兴利除宿弊　贤宝钗小惠全大体

宝钗忙走过来，摸着他的脸笑道："你张开嘴，我瞧瞧你的牙齿舌头是什么作的。从早起来到这会子，你说这些话，一套一个样子，也不奉承三姑娘，也没见你说奶奶才短想不到，也并没有三姑娘说一句，你就说一句是，横竖三姑娘一套话出，你就有一套话进去；总是三姑娘想的到的，你奶奶也想到了，只是必有个不可办的原故。这会子又是因姑娘住的园子，不好因省钱令人去监管。你们想想这话，若果真交与人弄钱去的，那人自然是一枝花也不许掐，一个果子也不许动了，姑娘们分中自然不敢，天天与小姑娘们就吵不清。他这远愁近虑，不亢不卑。他奶奶便不是和咱们好，听他这一番话，也必要自愧的变好了,不和也变和了。"探春笑道:"我早起一肚子气,听他来了,忽然想起他主子来,素日当家使出来的好撒野的人,我见了他便生了气。谁知他来了,避猫鼠儿似的站了半日,怪可怜的。接着又说了那么些话,不说他主子待我好,倒说'不枉姑娘待我们奶奶素日的情意了'这一句,不但没了气,我倒愧了,又伤起心来。我细想,我一个女孩儿家,自己还闹得没人疼没人顾的,我那里还有好处去待人。"口内说到这里,不免又流下泪来。

四十四回　变生不测凤姐泼醋　喜出望外平儿理妆

(凤姐)蹑手蹑脚的走至窗前。往里听时,只听里头说笑。那妇人笑道:"多早晚你那阎王老婆死了就好了。"贾琏道:"他死了,再娶一个也是这样,又怎么样呢?"那妇人道:"他死了,你倒是把平儿扶了正,只怕还好些。"贾琏道:"如今连平儿他也不叫我沾一沾了。平儿也是一肚子委曲不敢说。我命里怎么就该犯了'夜叉星'。"

凤姐听了,气的浑身乱颤,又听他俩都赞平儿,便疑平儿素日背地里自然也有愤怨语了,那酒愈发涌了上来,也并不忖夺,回身把平儿先打了两下,一脚踢开门进去,也不容分说,抓着鲍二家的撕打一顿。又怕贾琏走出去,便堵着门站着骂道:"好淫妇!你偷主子汉子,还要治死主子老婆!平儿过来!你们淫妇忘八一条藤儿,多嫌着我,外面儿你哄我!"说着又把平儿打几下,打的平儿有冤无处诉,只气得干哭,骂道:"你们做这些没脸的事,好好的又拉上我做什么!"说着也把鲍二家的撕打起来。贾琏也因吃多了酒,进来高兴,未曾作的机密,一见凤姐来了,已没了主意,又见平儿也闹起来,把酒也气上来了。凤姐儿打鲍二家的,他已又气又愧,只不好说的,今见平儿也打,便上来踢骂道:"好娼妇!你也动手打人!"平儿气怯,忙住了手,哭道:"你们背地里说话,为什么拉我呢?"凤姐见平儿怕贾琏,愈发气了,又赶上来打着平儿,偏叫打鲍二家的。平儿急了,便跑出来找刀子要寻死。外面众婆子丫头忙拦住解劝。这里凤姐见平儿寻死去,便一头撞在贾琏怀里,叫道:"你们一条藤儿害我,被我听见了,倒都唬起我来。你也勒死我!"贾琏气的墙上拔出剑来,说道:"不用寻死,我也急了,一齐杀了,我偿了命,大家干净。"正闹的不开交,只见尤氏等一群人来了,说:"这是怎么说,才好好的,就闹起来。"贾琏见了人,愈发"倚酒三分醉",逞起威风来,故意要杀凤姐儿。凤姐儿见人来了,便不似先前那般泼了,丢下众人,便哭着往贾母那边跑。

此时戏已散出,凤姐跑到贾母跟前,爬在贾母怀里,只说:"老祖宗救我!琏二爷要杀我呢!"贾母、邢夫人、王夫人等忙问怎么了。凤姐儿哭道:"我才家去换衣裳,不防琏二爷在家和人说话,我只当是有客来了,唬得我不敢进去。在窗户外头听了一听,原来是和鲍二家的媳妇商议,说我利害,要拿毒药给我吃了治死我,把平儿扶了正。我原气了,又不敢和他吵,原打了平儿两下,问他为什么要害我。他臊了,就要杀我。"贾母等听了,都信以为真,说:"这还了得!快拿了那下流种子来!"一语未完,只见贾琏拿着剑赶来,后面许多人跟着。贾琏明仗着贾母素习疼他们,连母亲婶母也无碍,故逞强闹了来。邢夫人王夫人见了,气的忙拦住骂道:"这下流种子!你愈发反了,老太太在这里呢!"贾琏乜斜着眼,道:"都是老太太惯的他,他才这样,连我也骂起来了!"邢夫人气的夺下剑来,只管喝他"快出去!"那贾琏撒娇撒痴,涎言涎语的还只乱说。贾母气的说道:"我知道你也不把我们放在眼睛里,叫人把他老子叫来!"贾琏听见这话,方趔趄着脚儿出去了,赌气也不往家去,便往外书房来。

这里邢夫人王夫人也说凤姐儿。贾母笑道:"什么要紧的事!小孩子们年轻,馋嘴猫儿似的,那里保得住不这么着。从小儿世人都打这么过的。都是我的不是,他多吃了两口酒,又吃起醋来。"说的众人都笑了。贾母又道:"你放心,等明儿我叫他来替你赔不是。你今儿别要过去臊着他。"因又骂:"平儿那蹄子,素日我倒看他好,怎么暗地里这么坏。"尤氏等笑道:"平儿没有不是,是凤丫头拿着人家出气。两口子不好对打,都拿着平儿煞性子。平儿委曲的什么似的呢,老太太还骂人家。"贾母道:"原来这样,我说那孩子倒不像那狐媚魇道的。既这么着,可怜见的,白受他们的气。"因叫琥珀来:"你出去告诉平儿,就说我的话:我知道他受了委曲,明儿我叫凤姐儿替他赔不是。今儿是他主子的好日子,不许他胡闹。"

原来平儿早被李纨拉入大观园去了。平儿哭的哽咽难抬。宝钗劝道:"你是个明白人,素日凤丫头何等待你,今儿不过他多吃一口酒。他可不拿你出气,难道倒拿别人出气不成?别人又笑话他吃醉了。你只管这会子委曲，素日你的好处，岂不都是假的了？"正说着，只见琥珀走来，说了贾母的话。平儿自觉面上有了光辉，方才渐渐的好了，也不往前头来。宝钗等歇息了一回，方来看贾母凤姐。

　　宝玉便让平儿到怡红院中来。袭人忙接着，笑道："我先原要让你的，只因大奶奶和姑娘们都让你，我就不好让的了。"平儿也陪笑说"多谢"。因又说道："好好儿的从那里说起，无缘无故白受了一场气。"袭人笑道："二奶奶素日待你好，这不过是一时气急了。"平儿道："二奶奶倒没说的，只是那淫妇治的我，他又偏拿我凑趣，况还有我们那糊涂爷倒打我。"说着便又委曲，禁不住落泪。宝玉忙劝道："好姐姐，别伤心，我替他两个赔不是罢。"平儿笑道："与你什么相干？"宝玉笑道："我们弟兄姊妹都一样。他们得罪了人，我替他赔个不是也是应该的。"又道："可惜这新衣裳也沾了，这里有你花妹妹的衣裳，何不换了下来，拿些烧酒喷了熨一熨。把头也另梳一梳，洗洗脸。"一面说，一面便吩咐了小丫头子们舀洗脸水，烧熨斗来。平儿素习只闻人说宝玉专能和女孩儿们接交；宝玉素日因平儿是贾琏的爱妾，又是凤姐儿的心腹，故不肯和他厮近，因不能尽心，也常为恨事。平儿今见他这般，心中也暗暗的敁敠：果然话不虚传，色色想的周到。又见袭人特特的开了箱子，拿出两件不大穿的衣裳来与他换，便赶忙的脱下自己的衣服，忙去洗了脸。宝玉一旁笑劝道："姐姐还该擦上些脂粉，不然倒像是和凤姐姐赌气了似的。况且又是他的好日子，而且老太太又打发了人来安慰你。"平儿听了有理，便去找粉，只不见粉。宝玉忙走至妆台前，将一个宣窑瓷盒揭开，里面盛着一排十根玉簪花棒，拈了一根递与平儿。又笑向他道："这不是铅粉，这是紫茉莉花种，研碎了兑上香料制的。"平儿倒在掌上看时，果见轻白红香，四样俱美，摊在面上也容易匀净，且能润泽肌肤，不似别的粉青重涩滞。然后看见胭脂也不是成张的，却是一个小小的白玉盒子，里面盛着一盒，如玫瑰膏子一样。宝玉笑道："那市卖的胭脂都不干净，颜色也薄。这是上好的胭脂拧出汁子来，淘澄净了渣滓，配了花露蒸叠成的。只用细簪子挑一点儿抹在手心里，用一点水化开抹在唇上；手心里就够打颊腮了。"平儿依言妆饰，果见鲜艳异常，且又甜香满颊。宝玉又将盆内的一枝并蒂秋蕙用竹剪刀撷了下来，与他簪在鬓上。忽见李纨打发丫头来唤他，方忙忙的去了。

宝玉因自来从未在平儿前尽过心——且平儿又是个极聪明极清俊的上等女孩儿，比不得那起俗蠢拙物——深为恨怨。今日是金钏儿的生日，故一日不乐。不想落后闹出这件事来，竟得在平儿前稍尽片心，亦今生意中不想之乐也。因歪在床上，心内怡然自得。忽又思及贾琏惟知以淫乐悦己，并不知作养脂粉。又思平儿并无父母兄弟姊妹，独自一人，供应贾琏夫妇二人。贾琏之俗，凤姐之威，他竟能周全妥贴，今儿还遭荼毒，想来此人薄命，比黛玉犹甚。想到此间，便又伤感起来，不觉洒然泪下。因见袭人等不在房内，尽力落了几点痛泪。复起身，又见方才的衣裳上喷的酒已半干，便拿熨斗熨了叠好；见他的手帕子忘去，上面犹有泪渍，又拿至脸盆中洗了晾上……

贾琏听（贾母）说，爬起来，便与凤姐儿作了一个揖，笑道："原来是我的不是，二奶奶饶过我罢。"满屋里的人都笑了。贾母笑道："凤丫头，不许恼了，再恼我就恼了。"说着，又命人去叫了平儿来，命凤姐儿和贾琏两个安慰平儿。贾琏见了平儿，愈发顾不得了，所谓"妻不如妾，妾不如偷"，听贾母一说，便赶上来说道："姑娘昨日受了屈了，都是我的不是。奶奶得罪了你，也是因我而起。我赔了不是不算外，还替你奶奶赔个不是。"说着，也作了一个揖，引的贾母笑了，凤姐儿也笑了。贾母又命凤姐儿来安慰他。平儿忙走上来给凤姐儿磕头，说："奶奶的千秋，我惹了奶奶生气，是我该死。"凤姐儿正自愧悔昨日酒吃多了，不念素日之情，浮躁起来，为听了旁人的话，无故给平儿没脸。今反见他如此，又是惭愧，又是心酸，忙一把拉起来，落下泪来。平儿道："我伏侍了奶奶这么几年，也没弹我一指甲。就是昨儿打我，我也不怨奶奶，都是那淫妇治的，怨不得奶奶生气。"说着，也滴下泪来了。贾母便命人将他三人送回房去，"有一个再提此事，即刻来回我，我不管是谁，拿拐棍子给他一顿。"